黒い森

折原 一

祥伝社文庫

（本書は平成十九年十一月、小社から四六判で刊行されたものです）

黒い森

生存者

この作品は、本の表から読む「生存者」編
本の裏から読む「殺人者」編、袋とじになった「206号室」の
3つのパートからなりたっています。

上質のエンターテインメントを！　珠玉のエスプリを！

祥伝社文庫は創刊十五周年を迎える二〇〇〇年を機に、ここに新たな宣言をいたします。いつの世にも変わらない価値観、つまり「豊かな心」「深い知恵」「大きな楽しみ」に満ちた作品を厳選し、次代を拓く書下ろし作品を大胆に起用し、読者の皆様の心に響く文庫を目指します。どうぞご意見、ご希望を編集部までお寄せくださるよう、お願いいたします。

二〇〇〇年一月一日　祥伝社文庫編集部

祥伝社文庫

黒《くろ》い森《もり》

平成二十二年九月五日　初版第一刷発行

著者　折原《おりはら》　一《いち》
発行者　竹内和芳
発行所　祥伝社
東京都千代田区神田神保町三－六－五
九段尚学ビル　〒一〇一－八七〇一
電話　〇三（三二六五）二〇八一（販売部）
電話　〇三（三二六五）二〇八〇（編集部）
電話　〇三（三二六五）三六二二（業務部）
http://www.shodensha.co.jp/
印刷所　萩原印刷
製本所　ナショナル製本
カバーフォーマットデザイン　芥陽子

造本には十分注意しておりますが、万一、落丁、乱丁などの不良品がありましたら、「業務部」あてにお送り下さい。送料小社負担にてお取り替えいたします。

Printed in Japan ISBN978-4-396-33604-2 C0193

contents

プロローグ――ある密室（女の場合）

その部屋は、外部から完全に遮断されていた。

廊下側のドアは施錠《せじょう》され、チェーンが掛けられている。窓は内側から差しこみ錠が掛けられ、さらに錠自体にロックが掛かり、いわゆるダブルロックになっていた。

他に浴室の換気扇があるが、人が出入りできるほどの隙間《すきま》はなかった。浴室から天井へ抜ける通気孔は、電気の配線業者でもないかぎり、入ってくることは不可能だ。実際、配線業者は天井にいなかった。

ベッドに横たわる二人の男女。

愛し合っている二人は、この部屋で最後の愛を確かめた後、静かに眠ったはずだった。

密室殺人――。

意識を失う直前の女の頭の中に、そんな文字が何の前触れもなく浮かび上がった。しかし、誰が見ても、これは心中事件だ。すべての状況が、外部の人間のしわざではなく、部屋の中の二人の同意のもと、二人がこの世から去ったことを示しているはずだ。

推理小説に淫《いん》した物好きな刑事でもないかぎり、これはただの心中事件として処理されるにちがいない。それでおしまい。ジ・エンド。

無性《むしょう》に愉快になり、女は笑おうとしたが、顔の筋肉が動かない。全身の力がすでに抜けているのだ。死へ向かってまっしぐら。

誰かがドアを叩《たた》いている。

女の意識がゆっくり覚醒していく。ここはどこだ。それまで見ていた夢は、最悪だった。深夜のビル街、殺し屋に追われ、ひたすら逃げているものだった。ひどく現実感に乏《とぼ》しいので、夢の中でもこれは夢だと認識していた。彼女は非現実の世界にあっても、殺し屋につかまり、背中にナイフでも突き立てられるのが怖くて、ひたすら駆けていた。夢の中では、現実の世界とは違ったルールがあるのを感じとっていたのだ。

ビルの明かりはすべて消え、人けがまるでない。

夢の中なのに、息が切れ、足がもつれていた。アルコールは口にしていないはずなのに、全力疾走したことで全身に酔いに似た症状がまわっていた。

もうだめだと思われた時、背後に人の気配がした。人間が腐《くさ》ったようなにおいがぷんと鼻をついた。人間が腐った?

次の瞬間、背中を強い力でつかまれた。ふり払おうとしたが、体のバランスを崩し、前につんのめった。アスファルトの路面が激しい勢いで迫ってきた。

…………


誰かがドアを叩いている。

路面に衝突する寸前で、夢の画像がスイッチをオフにしたかのように切れ、細かい砂粒をぶちまけたような静止画像になった。海辺に寄せる波のような耳障《ざわ》りな雑音。

「開けなさい。ここを開けるんだ」

ドアの外で誰かが怒鳴《どな》っている。「おい、そこにいるんだろ? 開けるんだ。開けないと、ドアを破るぞ」

どうして、あんなに高いテンションで叫ぶことができるのかしら。声には、怒りと焦《あせ》りがぎっしり詰めこまれていた。

起き上がろうとした時、窓から朝の光が差しこんでいるのに気づいた。カーテンの開かれた窓から白い空が見えた。

現実の世界でわたしを殺したのは誰?

今、その密室の中でわたしは意識を取りもどそうとしている。死んではいない。

この計画は失敗に帰《き》したのか。

不意に腹の底から笑いのエネルギーが込みあげてきて、女は脳に命ぜられるままに笑った。

「おい、開けるぞ」

最後通牒《つうちょう》の声とともに、ドアに何かが強く打ちつけられた。

その時、女は傍《かたわ》らの男が目を開いているのを見た。そして、男も女と同じ夢を共有していることに気づいた。

「心中、おだやかではない」

男が女に向かって言った。「今度会う時は……」

女は男の口に耳をつけて、小さな声を聞き取った。

「まるで嵌《は》め絵パズルみたいね」

女が言った次の瞬間、ドアが破られた。

…………

生存者

私はだめな男だ。もうこれ以上、生きてはいけない。可哀相だが、あいつらも私と一緒にあの世へ旅立ってもらおう。

ただ、私たちが生きていた証《あかし》を後世に残しておかなくてはならなかった。ここで一体何が起きたのか、後で「現場」に踏みこんでくる連中に知らせる意味でも、記録を残しておくことが私の使命だと考えている。

さあて、では、始めるか。

人間狩りのゲームの幕が、今まさに切って落とされようとしていた。

斧《おの》を持った男から逃《のが》れようとして駆けまわる者たちの悲鳴。男は右手で斧を軽々と振りまわす。

ビュンと空気を切り裂く音が、森の静寂を破る。

「やめて、お願いだから」

複数の悲鳴が、森を抜け、湖面をわたり、集落のほうへ伝わっていった。

…………

こうして、血塗られた樹海の伝説が始まったのである。だが、語り継がれているうちに、さまざまな小さなエピソードが積み重なっていった。そして、伝説は歪曲《わいきょく》され、真実の姿を隠し、何が本当なのか定《さだ》かではなくなったのだ。

あの森で一体何が起こったのか。

…………

1

「あの森で何が起こったのか、実際のところ、誰も知らないんですよ」

民宿の主人は、ひび割れた太い手で剛毛に覆《おお》われた顎《あご》を撫《な》でながら、客たちの反応を窺《うかが》った。

その民宿では、主人が囲炉裏《いろり》ばたで地元に伝わる昔話を語り聞かせるのを売りにしている。樹海の奥深くに眠る山荘で暮らした一家にまつわる呪われたストーリー。作家の夫と画家の妻、そして幼い双生児の娘の四人。スランプに陥《おちい》った作家が誰にも邪魔されない静かな環境で小説を執筆しようとしたが、逆にスランプから狂気の道に走り、妻子を殺してしまうという悲惨な話だ。

十一月中旬のこの日は、東京のある旅行社が主催するツアーのメンバー十人が泊まっており、夕食後、囲炉裏のある部屋に集まり、主人の話を聞いていた。主人の年齢は不詳だ。三十代半《なか》ばとも見えるし、あるいは五十歳をすぎているようにも見える。

だが、主人は物足りなさを感じていた。

いつもと違って反応が弱いのだ。これはどこから来ているのだろう。

十人のうち一人は添乗員、三十歳前後の色白で真面目そうな男だ。場をなごませようとしているのだが、それが空回りしている感じがする。

「さあ、みなさん。ご主人のおもしろい話を聞きましょう」と呼びかけ、メンバーの一人と一人を無理やり囲炉裏ばたに連れてきた。ひどく疲れきっている老夫婦などは、やすみたいと言っているのに、「すぐに終わりますから」と連れてきたりしたのだ。

「みなさん、元気がないですね。お酒でもどうですか?」

添乗員はひどく甲高《かんだか》い声で言った。「陽気にやりましょう」と。

「陽気にやりましょう」と言われても、樹海の伝説は暗くて救いのない話だし、真面目に聞いていたら気が滅入《めい》ってしまうだろう。

この添乗員には、その旨《むね》、くどいほど伝えていたが、「思いきりどきりとする話にしてください」と逆に注文をつけられる始末だ。

団体の名称は「ミステリー・ツアー」。これで何度目だろう。出発地は東京の新宿《しんじゆく》駅、二十人乗りのマイクロバスに乗って、夜の八時すぎに民宿に着いたのだ。予定では、ここに一泊して、明朝、湖の周辺を散策するという。マイクロバスはいわゆる白タク、無認可のものであるのを主人は素早く見てとった。バスはそのまま東京方面へ引き返していった。主人としては、金さえ払ってくれれば、ツアー会社に文句を言うつもりはなかった。

「ミステリー・ツアー」の行き先が樹海では、客は意気消沈するよなあ。

民宿の主人は、そう思いながらツアーの面々に焼きたてのヤマメの塩焼きを勧めた。

「私は川魚はきらいだ。生臭くって」

六十代半ばくらいの仏頂面《ぶつちようづら》をした男が吐き捨てるように言った。この男は妻と二人で来ており、妻が「あなたはいつもそれだから」と無愛想につぶやいた。

「じゃあ、おまえが食べたらいい」

男に言われて、妻は灰に刺した串を取り、ヤマメを鼻に近づけた。

「まずくはなさそう」

妻も夫と同年代くらいだと思われるが、額《ひたい》のしわがひどく多かった。彼女は焼けた魚に唇が触れると、その熱さに顔をしかめた。口元《くちもと》を指で拭《ぬぐ》ってから、食べかけた魚を皿の上に置き、それ以上食べるのをやめた。

「じゃあ、僕が食べます」

添乗員は串刺しにされたヤマメにうまそうにかぶりついたが、その場の他のメンバーから一人だけ浮いているのを印象づけるだけだった。

他のメンバーといえば、四十代のくたびれた顔の男が二人、三十歳くらいの極度に近眼の男、二十代後半の化粧の派手な女、七十すぎの哲学者的風貌の男、ゲームに興じている長髪の若者。これで九人。

あとの一人が、民宿の主人にとって興味津々《しんしん》の存在だった。

二十代半ばの若い女だった。上品にして華美、彼女がいるだけでその場がぱあっと華《はな》やぐような感じだ。宿に入ってきた時、体の線を強調するような黄色いワンピースを着ていたので、いやでも目についた。この他のメンバーには、ひどく不釣り合いの存在だった。

そういう意味では「ミステリー・ツアー」だな、と主人は思った。

入浴タイムが終わり、浴衣《ゆかた》に着替えてきた彼女はまたどきりとする色気を放っていた。胸元をややゆったりめにし、そこからのぞくピンク色に染まった肌とふくよかな胸のふくらみが主人の性的妄想を刺激した。こんな女を抱けたらいいなあと素直に思った。

今、その女は携帯電話の画面をしきりに見ている。主人の話など最初から聞いていないかったのだろう。

「ねえ、ご主人」

はっとして気づくと、添乗員が彼の肩を叩いていた。

「何ですかな？」

「とてもおもしろい話を拝聴しました。ところで、その小説家は今、どうしているのですか？」

「所在不明です」

「小説家一家が住んでいた山荘は？」

「樹海の中にそのまま残っていますよ」

「そこへは行けますか？」

「もちろん行けます。しかし、行かないほうがいい」

「なぜですか？」

「命の保証ができないからです」

主人のその答えに、囲炉裏をとり囲んでいた面々が機械仕掛けの人形のようにいっせいに顔を上げた。あの豊満な美女も携帯の画面から目を離し、主人を見た。

この連中、年齢もばらばらなら、その仕事も人生もばらばらで、まるで接点がない者同士なのだろう。それが旅行会社の募集に応じて、この宿に泊まることになった。運命の不可思議なことである。

「命の保証ができない？　それはどういうことですか？」

添乗員は紺色のスーツを着ていた。ここへ到着してからも浴衣に着替えることなく、今も腕に旅行会社の名称の入った腕章をつけてきちんと正座し、背筋をまっすぐ伸ばしていた。冗談があまり通じそうにないタイプだ。

「東京陽炎《かげろう》旅行社」。その名前のださいこと。いっそのこと、陽炎を「かげろう」と平仮名表記にして、別の意味にしてしまったらどうだろう。

「その作家が襲ってくるとでもいうのですか？」

添乗員が真面目くさった顔で言った。

「いや、違う」

主人は首を左右に振った。「おわかりになりませんか。樹海自体が危険だ」

「でも、驚きに満ちていると思いませんか？　ミステリアスだし……」

添乗員は大きな目をきらきらさせた。

「そりゃあ、確かに驚きに満ちているにはちがいないが……」

「そうでしょう、ご主人？」

「いや、あなたの言う『驚き』が、どういう意味なのか伺《うかが》っておく必要があるようですな」

「何でもありの驚きですよ。びっくり箱のように、何が出てくるのかわからない意外性といいますか。樹海には、それがあります」

添乗員はそこでツアーのメンバーに対して言った。

「みなさん。このたびの『ミステリー・ツアー』の行き先ですが、ここで発表いたします」

民宿の主人が語っている間、しらけたように聞いていた連中の目に好奇の光が差した。

「最初から行き先をミステリーにしているのがこのツアーの売りでしたが、ここでお知らせいたします。あ、その前に、みなさんにお聞きしたいことがあります。竹之内《たけのうち》さま」

名前を呼ばれて六十代の夫婦が顔を見合わせた。

「何だね?」

夫が答えた。

「バスがこの湖畔の民宿に到着した時、ミステリー・ツアーの目的地がどこなのか推理できましたか?」

「ああ、もちろん」

「目的地としては、どのような感想をお持ちでしょうか?」

「まあ、無難《ぶなん》な選択だな。無難すぎて、おもしろくも何ともない。大月《おおつき》インターを越えたあたりで、ぴんと来たね」

夫はぶっきらぼうに言った。他のメンバーの何人かが無言でうなずいた。

「はあ、そうでしたか」

添乗員は客の反応にやや拍子抜《ひょうしぬ》けしたようだ。

「樹海だものな。意外でも何でもない」

「さすがですね」

「ほめるほどのことではないよ。想定の範囲内だ」

「でも、今の民宿のご主人の話を聞いて、怖くなりませんでしたか？」

「別に何ともない。ただのくだらない怪談話さ」

竹之内という男の歯に衣着《きぬき》せぬ言い方に、主人はむっとした。

「みなさんもそう思われますか？」

添乗員の問いかけに、他のメンバーは思い思いにうなずいた。

「そうでしたか。では、話は早い」

添乗員のテンションが一気に上がった。「明日の予定ですが、我々は樹海の中に入ります」

「いいんじゃないかな。私に異論はないよ」

竹之内が言い、妻にうなずいた。「私は賛成するよ。なあ、おまえ？」

「ええ、わたしも異論はありません」

「竹之内さまご夫妻にそう言っていただくと、心強いかぎりです」

添乗員はホッとしたようだった。「では、みなさんはいかがでしょう。樹海の中を歩くことに不安はないでしょうか?」

「樹海を歩くって……。やれやれ」

民宿の主人が呆《あき》れたように言い、話に割って入った。「あのね、あなたたちは樹海がどんなところなのか全然わかっていないようですな」

「わかってますよ」

添乗員がすかさず言った。「入ってしまうと、磁石《じしやく》がきかなくて、自分がどこにいるのかわからなくなってしまう。ある意味、危険なところです」

「ある意味じゃなくて、本当に危険なんだよ」

「わかります」

「いや、わかってない。もし、道に迷ったら、外へ出られなくなるんですよ」

「それがスリリングだと思いませんか?」

添乗員がネクタイのゆるみを直しながら、きっぱりと言った。「それがこのツアーの最大の楽しみなんです。ミステリー・ツアーは、つまり次に何が来るのか予想できないのを売りにしているんです」

「みなさん、本当にいいんですか?」

民宿の主人は、ツアーのメンバーを見まわした。

「スリルがあって、いいですね」

三十歳くらいの度の強い眼鏡をかけた男が言った。民宿の主人は、その男の膝の上に危険きわまりない本があるのを見た。

『廃墟探検』

主人はその本の中に樹海の山荘のことが書いてあるのを知っていた。ろくに取材しないで書かれた本に踊らされて樹海に入り、命を失う愚《おろ》か者がこれまでにも何人かいた。本には山荘とその内部の様子が写真入りで紹介されていたが、道筋についての説明がいっさいなかったのだ。掲載された写真は、実は遭難者が残したカメラの画像を使ったものだった。

つまり、この眼鏡の男は廃墟マニアなのだ。どうやら、このツアーの目的地が樹海であるのを見越して参加したらしい。

「僕、何が来ても怖くないですよ」

男の能天気な反応を見て、主人はげんなりした。

「わたしも樹海行きに賛成」

化粧の濃い女が大きくうなずいた。みんな、主人の話をつまらなそうに聞いていた時と比べて、顔がいきいきしているように感じられた。

「じゃあ、みなさんの賛同を得られたということで……」

添乗員が我が意を得たりといった顔をして立ち上がった。「では、みなさん。ミステリー・ツアーの最大の目玉は樹海探検です。明日は早いですから、今日はゆっくりおやすみください。本日の長いバス旅、お疲れさまでした」

「ちょっと待った」

民宿の主人が部屋から出ていきかけた添乗員の腕をつかみ、引きもどした。「これだけはみなさんに言っておきたいんだけど……」

「何でしょう?」と添乗員。

「今まで黙っていたのだが、ここで言わなくてはなりますまい」

主人は額に汗が出るのを感じていた。「実は、三日前にあなたたちと同じようなグループがうちに泊まりましてね」

添乗員は「ほう」と言って、興味津々の顔つきで主人を見た。

「それが何か?」

「彼らも樹海に探検に出かけたのですが、その後のことがすごく気になっているんですよ」

民宿の主人は、眉間《みけん》にしわを寄せた。「不測の事態が起こったことも考えられる」

「不測の事態とは?」

「だから、樹海で迷ってしまったとか、事故に遭ったとか……」

「でも、三日くらいで心配するのもどうかと思いますね。携帯電話が使えないから連絡がとれないのかもしれないし……。警察は動いてるんですか?」

「いや、まだのようです」

「ご主人、心配のしすぎですよ」

添乗員は冷静な態度を崩さない。

「あるいは……」

と主人はつづけた。

「あるいは?」

「皆殺しにされたとか」

そう言って、主人は慌てたように口をつぐんだ。「いや、それは悲観的というか、拡大解釈というか……」

「樹海に姿を消した例の作家に殺された?」

度の強い眼鏡の男が、廃墟の本をぱらぱらとめくった。「そりゃ、おもしろい説ですね」

民宿の主人は、ツアーのメンバーに臆《おく》する様子がないのを見てとった。実を言うと、この前のツアーの連中もそうだった。こいつらにつける薬はないか。

「ご主人、これはミステリー・ツアーなんです」

添乗員が主人の心中を読んだかのように言った。「みなさん、高いお金を払って参加してらっしゃるんですから、主催者としても、気が抜けません。ご主人の怪談話を聞いて、みなさんの反応が鈍《にぶ》かったので、私としてはツアーが失敗したのかと思ってしまいましたよ。それで、ご主人、さっきもお聞きしましたが……」

「何か」

「その作家の山荘は今も残っているんですよね？」

「ええ、ありますよ」

主人はそう答えてから、はっとした顔になった。「もしかして、あんたたち」

主人は無力感に襲われた。こいつらもまた……。やれやれ。

「そうなんですよ。その山荘へ行ってみようと思ってるんです」

添乗員は満足そうにうなずいた。「ね、みなさん。樹海の山荘へ行くことに異論のある方、いらっしゃいませんか？」

添乗員は「無理にとは申しませんが」と前おきした後、多数決をとった。

ツアー客の九人全員の手が挙がり、ツアーの目的地は決まったのである。

樹海の奥へ――。

2

早乙女樹里《さおとめじゅり》は布団の中で煩悶《はんもん》していた。心中、おだやかではなかった。彼は本当に待っているのだろうか。

「ツアーの目的地で待っている。そこで待ち合わせよう。留美夫《るみお》」

恋人の留美夫から携帯電話にメールをもらったのは三日前、十一月十日のことだ。しばらく連絡がなかったので、彼女は嬉しかった。「先に行って現地で待っているので、君はバスに乗ってほしい。お金は払ってあるから心配しないで」という文面だ。まったく知らないメールアドレスからだったが、両親の干渉をシャットアウトするために変えたのだと付け加えてあった。

指示されたのは、新宿駅西口だった。

「駅前のロータリーに面したXビルの裏手の路上、午後五時。マイクロバスが来るからそれに乗ること。フロントガラスに『?』と書いたステッカーが貼ってあるのが目印。行き先を告げない『ミステリー・ツアー』の意味だ。他にもメンバーがいるので、そのつもりで」

樹里はある出来事以来、自宅で両親のきびしい監視の下にあった。だが、彼女が親の言うことを聞いておとなしくしているので、監視の目がゆるみ、その隙《すき》をついて家を出たのだ。思ったより簡単だった。

彼女は指定された場所に、重いボストンバッグを持って十五分前に来てみたが、バスはまだ着いていなかったし、ツアーの参加者らしき人の姿もなかった。晩秋の日没は早く、すでに空は西日の残照《ざんしょう》さえなくなっている。集合場所は大型家電量販店の裏側で、明かりも届かない薄暗い路地だった。

不安になって、メールで問い合わせてみるが、返答はなかった。電話を何度かけても、電波の届かないところにいるか電源を切っているという合成音の案内があるだけだった。

彼女としては、彼の指示に従うしかなかった。

午後五時になると、マイクロバスがどこからともなく静かにやって来た。確かに「?・」の手書きのステッカーが貼られている。すると、どうしたことか八人の男女が裏通りの暗がりから現れ、そのままバスに乗車したのだ。彼らは一体どこにいたのだろうかと訝《いぶか》しく思いながら、彼女は最後にバスに乗りこんだ。

バスの最前列の席で紺の背広の男が乗客をチェックしていた。樹里が名乗ると、男はうなずいて、「どうぞ、お好きな席へ」と言った。

運転手は大きなマスクをし、白い毛糸の帽子をかぶっていた。そのままで銀行強盗ができそうなくらい、顔がわからない。

彼女が最後尾の席に着いた途端、バスは動きだした。

すると、さっきの紺の背広姿の男が立ち上がって挨拶《あいさつ》をしたのだ。

「ミステリー・ツアーにようこそ。このたびは当東京陽炎旅行社を選んでいただき、ありがとうございます。みなさまを行き先不明の謎の旅にご案内する添乗員でございます。短い間ですが、みなさんをわくわくどきどきする旅にお連れします」

年齢は三十歳前後だろうか。妙に甲高い声の男だった。

「東京にいる間は窓のカーテンを閉めさせていただきます」

樹里は自分の席からツアーの参加者の数を確認した。彼女を含めて九人。この他に添乗員と運転手がバスに乗っている。

乗客は添乗員に指示されるまま、カーテンを閉じた。すると、添乗員は一番前の席の背後に衝立《ついたて》のような仕切りを置いた。同時に天井の照明が落とされ、バスの中は薄暗くなった。

「高速道に乗るまで、しばらくご辛抱《しんぼう》ください」

誰も口をきかず、ただバスに揺られるまま座っていた。樹里はいつしか眠っていた。このところ、彼のことが心配でほとんど眠れない毎日がつづいていたが、バスのエンジンの快《こころよ》い振動が疲労の溜まった彼女を眠りの世界へ誘いこんだ。

そうはいっても、眠りは浅く、変な夢ばかりを見ていた。殺し屋に追われている夢、彼とベッドにいるのを見つけられた夢……。夢の中の出来事と頭では認識しているのに、どうにもならないことが歯がゆかった。そして、目覚めれば、もっとどうにもならない厳しい現実がある。でも、彼の努力でそれが解決の方向に進んでいる。

そう信じたかった。

目が覚めた時、バスは夜の道を進んでいた。照明がつけられ、窓のカーテンが開いている。

高速道の両わきに高いフェンスがあり、その上に黒々とした崖が見えた。防護フェンスか。

「樹海だな」

誰かがぽつりとつぶやいた。

前の座席に男の白髪まじりの頭が見えている。傍《かたわ》らの妻らしき女が「そうなの？」と答えていた。

それからしばらくしてバスは高速道を下りて、一般道に入り、さらに山間の道を進んだ後、ある一軒の民家の前に停まった。看板も何もなく、ホテルとも思えない。

「みなさま、お疲れさまでした」

添乗員が立ち上がり、マイクを持って説明を始めた。今日はこの民宿泊まりになるということだ。

「あまりきれいな宿ではありませんが、主人の話がおもしろいと評判です」部屋数が少ないので、基本的に相部屋になる旨《むね》、説明があった。「でも、ご安心ください。明日の宿は豪華です。必ずやご満足いただけるものと確信しています」

宿に着いたのは午後八時すぎだった。

民宿の主人の話を聞き、明日の予定が告げられてから、メンバーたちはそれぞれの部屋にさがった。樹里は二十代後半とおぼしき化粧の濃い女と相部屋になった。

「よろしくお願いします」と声をかけても、相手はろくに返事をせず、目を合わせようともしなかった。どうして、こんなミステリー・ツアーなんかに参加しようとしたのか。

布団に入っても、樹里はなかなか寝つけなかった。

隣に寝ている女は身じろぎもせず、すでに眠っているようだ。寝息も聞こえず、死んでいると言われても不思議ではないくらいだった。何しろ、これはミステリー・ツアーなのだから、何でもありなのだ。

「ねえ、あんた」

不意に声をかけられ、樹里はどきりとした。

「はい？」

横たわったまま傍らに目を向けると、女が樹里をじっと見つめていた。仰向けのまま首だけがこちら向きになっているさまが、からくり人形のようで不気味だった。豆電球の薄明かりが女の顔を照らしているが、照明の作る陰影が顔の半分以上を占めている。その影がまさに女の秘密の部分に相当するように思えた。

「あんたは、どんな過去を持ってるの？」

「過去？」

過去と言われても、まだ二十年とちょっとしか生きていないのだ。その間に親の猛烈な反対を押し切って激しい恋をしたことはあったが。

「いいわね。あんた、幸せそう」

「そう見えますか？」

「うん。とっても。悩みなんか全然なくて、両親に大事に育てられた感じ。お嬢さんなんでしょ？　どうして、このツアーにいるのか、理解できないわね」

「わたし、ある人と待ち合わせしてるんです」

「誰と？」

「恋人と」

「ええっ、この民宿で？」

「いいえ。彼がこのツアーに参加するように指示をしてくれたんです。旅の目的地で待っているからって」

「あんたの言ってること、意味不明だわね。これ、ミステリー・ツアーだよ。どうして彼が旅先を知ってるの？」

女はそれから「ははあ」と言った。「彼、旅行会社の関係者なんだ？」

「いいえ、違います」

「ま、いいけど……」

女はふんと鼻を鳴らした。「それで、彼とは連絡がとれたの？」

「いいえ、全然」

樹里は何度も携帯電話で連絡をとろうとしているが、彼から応答がないことを話した。

「わたし、樹里といいますけど、ええと、あなたは……」

「明美《あけみ》と呼んで」

「明美さん、あなたはどうしてこのツアーに参加したんですか？」

樹里は逆に質問をしてみた。

「いいいいいいいい、わかりきったことを聞かないでよ」

「わかりきったことですか？」

「おっと、あんたは異人種だものね」

明美の言う「異人種」がいかなる意味を持つのか樹里にはわからなかった。

「そうね。人生、頑張りすぎて疲れちゃったから、思いっきり憂《う》さを晴らしたいってところかな」

「つらい日常からの脱出ですか？」

「まあ、そういうものかしら」

明美は含み笑いした。「わたし、何が来ても怖くないわよ」

「樹海でも？」

「そう。明日が楽しみだわ。先が見えないって、スリルがあるじゃない？」

「わたしは怖いです。でも、彼が待ってるから」

樹里は不安になりながらもそう言った。

「樹海の先でね」

明美が皮肉っぽく言った。「信じるのはあんたの勝手だけど……」

「わたしは信じます」

その時、明美が「ありがとう」とぽつりと言った。

「え、何が？」

「人と話すの、ずいぶんひさしぶりだった。おかげで気持ちが少し楽になったわ」

明美はそう言うと、樹里から視線をはずし、向こうむきになった。しばらくして、静かな寝息が聞こえてきた。

樹里は仰向けのまま横たわっていた。部屋の窓を誰かが叩いている音がした。ふっと窓のほうに目をやると、風のいたずらだとわかった。

そのうちに、彼女も泥のように重い眠りに引きずりこまれていった。今度は夢を見ることもなく……。

3

連中は無事に目的地に辿《たど》り着けるだろうか。

民宿の主人は、添乗員の格好を見て、一言注意したくなった。

添乗員は昨日と同じ姿だった。紺色のスーツにチェック柄の臙脂《えんじ》色のネクタイ着用、腕には「東京陽炎旅行社」の腕章までつけている。ぴかぴかに磨かれた黒い革靴を履き、右手にアタッシェケースを持っているとなると、まるでこれから都会の会社へ出勤するといった感じではないか。

この姿で樹海に入る？

このツアー会社はおかしい。この前の時も、その前の時も……。

苔《こけ》が生えた地面、溶岩《ようがん》でごつごつした岩場……。そんなものが樹海の中にはあちこちにあるのだ。いや、樹海全体がそうなのだ。凹凸《おうとつ》のある地面を歩いているうちに方向感覚がなくなり……。

「遭難しなければいいが」

民宿の前の砂利《じゃり》敷きの駐車場で、添乗員とそのメンバーたちが集合している。まだ何人か集まっていないようで、添乗員がしきりに腕時計を確認していた。時刻は午前八時三十分。

例の若くてきれいな女は、今日は青いパンツに赤のウィンドブレーカーを着ていたが、手には重そうなボストンバッグを持っていた。あれでは、最初に脱落するだろう。主人は見るに見かねて、昔の客が忘れていった古いリュックサックをやった。

彼女は「助かります」と言って、バッグの中身をリュックサックに詰め替えた。白い布に包まれた丸い大きなものを二個、大事そうにしているが、一体何なんだろう。スイカ？いや、スイカはこの時期にはないはずだ。

客たちは朝食を七時三十分にすませ、八時三十分に玄関前で集合する約束をしていた。

「おかしいですねえ」

どうやら一人来ていないようだった。「寺島《てらしま》さんがまだなんです」

その寺島という客は、四十代くらいの顔色の悪い男だった。昨夜の昔語りの時も体調が悪いのか終始うつむいていたほどだ。

「増田《ますだ》さん、寺島さんの様子はいかがでしたか？」

増田と呼ばれた同年代の男は、寺島と相部屋だった。似た感じの者同士。

「あの人、体の具合が悪そうでしたよ。僕が出る時、横になってましたから」

増田が残念そうに言った。「せっかくのツアーなのに、もう脱落ですかねえ。こんな機会、めったにないのに」

玄関前に立っていた主人は、添乗員と目が合ったので、軽く手を挙げた。

「私が寺島さんを見てきましょう」

添乗員の気持ちを察した主人が家の中に入り、寺島の様子を見にいくことになった。部屋は一番奥の六畳の和室だ。

ドアをノックしたが、応答がない。

「失礼します。入りますよ」

鍵が掛かっていないので、そのままドアを開けると、布団の上に黒いセーターを着た男がごろりと横になっている。「お客さん。ツアーの集合時間ですよ」

返事がなく、身動きもしないので、もしやと思ったが、その背中がぴくりと動いた。

「体調が悪いので、先に行ってもらうように言ってください。自分のことは自分でやると言ってもらえばわかります」

男は主人に背を向けたまま、ていねいな口調で言った。

「医者なら紹介しますけど」

「いや、けっこう。しばらくやすんだらよくなりますから」

主人は「わかりました」と返事をして、そのまま玄関先まで引き返した。

「添乗員さん。あのお客さん、先に行ってくれって」

「えっ、脱落？」

添乗員は意外そうな顔をした。

「自分のことは自分でやるから、ほっといてくれって」

「そうですか。まあ、それも自己判断ということなので、仕方がないですね。ご主人。料金の払いもどしはないとあの方にお伝えください」

添乗員は複雑な表情でうなずくと、他のメンバーにこう告げた。

「残念ながら一人減りましたが、これから出発いたします。みなさんは大丈夫だと思います。何が起こるかわからない未知のゾーンへ、いざ」

添乗員がツアー旗を頭上に持ち上げ、さっと振った。彼は主人に一礼すると、湖畔のほうへ歩きだした。ツアーのメンバーも自然に一列になって、そのあとをついていった。

「まったく。命知らずの連中だな。でも、まあいいや」

こっちは宿泊料さえもらえれば、何も言うことはない。樹海行きだって一応引き止めたのだから。

厨房にもどって後片付けをしようかと思った時、さっきの具合の悪くなった客のことを思い出した。部屋のドアをノックして、応答がないのを確認してから、ドアを開けた。

「お客さん。あの……」

そう言いかけた彼の口が閉まらなくなった。

寺島という客の姿はなくなっていた。「あれれ……」本人も彼が持っていた荷物もすべて煙が消えるように。

そう、この世から煙のように……。

4

添乗員は、後ろをふり返ることなく、ひたすら歩いていた。

早乙女樹里は誰かと話をしたかったが、そんな雰囲気ではない。空は青く澄みわたっているのに、ミステリー・ツアーのメンバーの周囲だけは黒い靄《もや》が取り囲んでいるようだ。

民宿の主人が重そうにボストンバッグを持つ彼女を見かねて古いリュックサックを譲ってくれた。手で持つのと背負うのとでは負担が全然違う。民宿の主人の好意に感謝だ。

道は湖の南側を少し周回するようにして、なだらかな裾《すそ》を持つ山へとつづいている。ほとんど無風状態。湖面は鏡のように静かだった。

シーズンオフの平日、まだ朝が早いこともあって、湖畔を歩く人の姿はなかった。その中を九人は軍隊の行進のように黙々と歩いていく。

そうだ、ハーメルンの笛吹きが子供を連れていくのにも似ていると樹里は思った。

彼女は列の真ん中ほどを歩いていた。直前に相部屋だった明美という女、すぐ後ろに六十代半ばの竹之内夫妻がいる。夫婦は一言も会話を交わすことなく歩いていた。それから、七十代の白髪の男、四十歳くらいの男、二十歳前後の長髪の男、度の強い眼鏡をかけた不健康そうな顔色の男。

添乗員を含めて全部で九人のメンバーだ。もともとは十人だったが、すでに民宿で中年男が脱落しているので、一人抜けて九人。

樹里の脳裏に「テン・リトル・インディアン」のメロディーが何の気なしにふっと浮かんだ。ハーメルンの笛吹きに引き連れられたインディアン人形たち。

黙々と——。

風が湖畔から吹き始めてきた。山から吹き下ろしてきた風が、湖面をわたり、魚のウロコのようなさざ波を作っている。ひんやりとした晩秋の風がメンバーに吹きつける。浜辺の砂浜に曲線紋が何列もでき、小さな砂粒が強い風に巻き上げられて、メンバーの顔にあたった。

添乗員の持つ旗が風にひらひらとはためいている。

前方に黒い森があった。日本でも有数の独立峰、その広大な山裾を埋め尽くす樹林。そこはひとたび足を踏み入れれば、人の方向感覚を失わせる巨大な樹海だった。正気と狂気を一気に呑みこむ巨大な胃袋――。不気味な黒い森がなだらかな起伏を描き、前面に横たわっていた。

だが、いくら歩いても、森はなかなか近づいてこない。民宿を出てから、すでに三十分、遊歩道がなくなり、今は添乗員の先導の下、砂浜の上を歩いている。

黙々と――。

突然、人間のような声がした。樹里が見上げると、鴉《からす》の集団が彼らの上空を気味の悪い声で鳴いて旋回している。どす黒く、意地悪そうで、薄気味悪い鳴き声を発する異界の生き物たち。

「帰れ、帰れ」

みんなで合唱している。樹里の心はひどく暗くなっていく。彼は本当に待っていてくれるのだろうか。この集まりって「ミステリー・ツアー」じゃないの。行き先がわからないのに、なぜ彼が先まわりして現地で待っているというのだろう。本当にこのまま、このメンバーと一緒に進んでいっていいのだろうか。

携帯電話を取り出して、メールを確かめてみた。だが、彼からのメッセージはない。

「ツアーの目的地で待っている」

何度確かめても四日前の午後五時に受信したメールが最後だった。溜息をついて携帯電話を閉じ、足を速めた。

　それにしても、添乗員のあの格好。背広に革靴、とても樹海を歩けるとは思えない。素《しろ》人《うと》のわたしが見てもそう思うのだから、他の人はもっと不安だろう。

　だが、彼女以外の連中は黙って添乗員のあとに従うだけだった。

「帰れ、帰れ」

　上空の鴉の集団は、メンバーのあとをついてきていた。海原《うなばら》を突き進む船に餌《えさ》を求めるカモメの群れがついていくように、どこまでもしつこく追ってきている。ここから先には行くな、帰ったほうが身のためと言っているのだ。

「『おいで、おいで』と言ってるのよ」

　いつの間にか、樹里の横に明美がついていた。「あんた、『帰れ、帰れ』って言ってたでしょ？」

　樹里は無意識のうちに鴉の声に合わせて、独り言をつぶやいていたようだ。

「念仏みたいに聞こえたわよ。フフッ」

「すみません。縁起《えんぎ》でもないことを言って」

　意識していなかったとはいえ、彼女は謝った。

「いいのよ。みんな、同じ気持ちなんだから」

　明美は口元に薄い笑いを浮かべた。

「同じ気持ち?」

「一心同体。みんな、似た者同士。おっと、あんたは違ったんだっけ?」

樹里は相手の質問の意図をはかりかねた。

「……………」

「その後、彼から連絡はあった?」と明美。

「いいえ」

「そりゃ、そうだよ。あんた、適当なメールで捨てられたのかも」

明美は低い声で笑った。樹里は少しむっとした。

「そんなことはないです。わたしたち、死ぬほど愛し合ってるんですから」

「それにしては、相手は冷たいね。全然連絡をよこさないなんて」

「駆け落ちみたいなものなんです」

「実は、あんたの恋人はここにいて変装してたりなんかして……」

明美は無言のまま歩いているメンバーにちらと目を走らせた。「フフッ、そんなことはないよねえ。みんな、冴《さ》えない連中ばかり。あんた、あきらめたほうがいいよ。捨てられたんだよ」

「失礼ですけど、明美さんの場合は?」

昨夜、樹里が聞いた時、明美は笑ってごまかした。「わたしだって、話したんですから、少しは話してくれてもいいんじゃないですか？」

「傷心の旅」

表面は元気そうにふるまっていたが、明美の顔にふと翳《かげ》が差したように見えた。彼女の抱えている秘密は、触れれば血が出るような深刻なものなのかもしれない。

「失恋ですね？」

「まあね」

明美は寂しそうに笑った。「大恋愛をしたのよ。わたしの名前、明るくて美しいって書くの。名前とイメージが違うと思わない？」

「じゃあ、センチメンタル・ジャーニーってわけですか？」

「センチメンタル・ジャーニー？　まあ、そんなものかなあ」

「結末がわからないミステリアスな旅」

「いいわねえ、そういう感じ」

明美はけらけらと笑った。

「ねえ、あんた。その背中の荷物、何なの？　まるで骸骨が二、三個入ってるみたい」

「あ、これですか」

樹里は言った。「これ、彼と約束してるんです。現地でお互いの荷物を持ち寄って、愛を確かめようって」

「ふうん、変なの」

その時、不意に風を感じた。山のほうからさっきより冷たくて強い風が吹き下ろしてきて、湖面に不穏なさざ波を立てた。

明美と話しているうちに、いつの間にか森が間近に迫っていた。注意している時にはいつになっても近づいてこないのに、話に夢中になっている間に、樹海はひっそりと忍び寄っていたのだ。

黒い森――。

「みなさん。樹海です」

添乗員が甲高い声を張り上げた。「ここで、小休憩をとります」

添乗員が旗を振り上げ、彼のまわりに集合するよう指示した。

「いいですか、みなさん。樹海はとても危険なところです。いったん入ると、磁石も携帯電話も使えません。溶岩なので、地表はでこぼこです。足元に注意しながら歩いてください。列をちょっとでも離れてしまうと、はぐれてしまいますから、くれぐれも注意してください。この先、何があるのか、私にもわかりません。命の保証はできません」

樹海の入口には、特に標識となるものはなかった。ただ、ハイキング道程度の細い道が森の中に通じており、そこが入口になっているということはわかった。

湖畔や森の際に岩がごろごろとあったので、メンバーは思い思いに座って、添乗員の話に耳を傾けた。

「いいですか、みなさん」

添乗員はアタッシェケースと旗を足元に置き、ネクタイの結び目に手をやった。湖畔からの風が強くなってきていたが、彼の櫛目《くしめ》も鮮やかに七三に分けた髪はいささかも乱れることがなかった。血色もよく、意気揚々《ようよう》としているように見える。まさにこれから仕事に向かう熱血サラリーマンのようだ。

「もう一度、念を押します。みなさんが引き返したいと思われるのなら、ここから民宿におもどり願います。あとはご自分の責任で判断してください」

添乗員は髪に手をやりながら、メンバーに目を走らせる。「おられないようでしたら、これからツアーの核心に入っていこうと思います」

「最終目的地はどこだね?」

初老の夫婦連れの夫のほうが口を挟んだ。

「竹之内さま、昨夜も申し上げたように、山荘です」

「例の惨劇の舞台になったところだね。そんなところに泊まれるのかね?」

「もちろんです。実を言うと、最初からそこに泊まるのは決めておりました」

「わかった。せっかく金を払ってるんだから、最後まで付き合おう。な、おまえ?」

竹之内は傍らの妻に問いかけた。

「ちょっと怖いけど、あなたが行くなら、わたしもついていきます」

「夫唱婦随《ふしょうふずい》でけっこうですね。うらやましいかぎりです」

添乗員はすかさずほめた。

「添乗員さん。明日の予定は?」

竹之内の妻が訊ねた。

「いえ、まだ決めておりません。ミステリーですので」

添乗員は笑ってごまかすように言い、別の客に声をかけた。「喜多川《きたがわ》さんはいかがですか。ずいぶんお疲れのようですが」

喜多川と呼ばれたのは七十歳くらいの白髪の男だった。ほとんど口をきいていなかった。

「いや、私は大丈夫。三途《さんず》の川までついていきますぞ」

喜多川は哲学者的な風貌をしているが、話し方も落ち着いていて人生に達観しているような感じだ。

「他の方はいかがですか? もし、樹海の中で脱落したら、その場でお帰りいただくことになりますが、帰り道は保証できません。くどいようですが、決断するなら今のうちです。桜井《さくらい》さんはどうですか?」

桜井と呼ばれた若者は、まだ二十歳にもなっていないのではないか。長髪の幼い感じのする男だった。民宿にいる間はゲームや携帯電話を見ているばかりで、会話の輪に入っていなかった。

「ぼ、僕は……」

突然声をかけられ、驚いたのか、彼はうろたえたように言った。「行きます。僕には、もうそれしか道がないんだから」

そう言うと、彼は黙りこんで、湖のほうを見た。

「金田一《きんだいち》さんはいかがですか？」

金田一と呼ばれたのは、度の強い眼鏡をかけた三十歳くらいの男だ。

「あのね。僕は金田一ではなくて金田《かねだ》ですよ。金田一弘《かずひろ》」

金田はぶすっとした顔で訂正した。

「ああ、申し訳ありません」と添乗員。

「わかればいいんですよ」

金田は手に持っていた『廃墟探検』という本を添乗員に見せた。「早く行きましょう。狂気の山荘へ。僕は作家の凶行の跡《あと》をこの目で見てみたいんですよ」

「わかりました。金田一さま」

添乗員はまた間違えたが、金田は訂正しなかった。彼は本を大事そうに抱え、心ここにあらずといった様子で森のほうを眺めていた。

「他の方はいかがでしょう？」

添乗員は最終確認をとったが、特に目立った反応はなかった。

「わかりました。それでは、出発いたします。私自身、この先、何があるのかわかりません。また、何が起こるのか、見当もつきません」

「例の場所は用意してあるんでしょ？」

明美が言った。「一人じゃ寂しいものね」

「ええ、もちろんです。お金を頂戴してるのですからね。その点はご安心ください。それでは、みなさん。出発いたします」

添乗員は足元のアタッシェケースを左手に持ち、右手でツアーの旗を振り上げた。

それが、このミステリー・ツアーの本当の旅立ちだったのだ。

5

独立峰の山裾に広がる樹海は遠くからは平坦に見える。だが、森の入口ではその全貌が見えないので、森はどこまでも限りなくつづいているように思える。

森の入口に「危険。ここから先に足を踏み入れないこと」と注意を促《うなが》す町の看板が立っているが、木は朽《く》ちかけて傾き、文字も半ば消えている。注意して見ないと、その文字を読むことも理解することもできない。行政側は「こっちは注意したんですよ。それでも中に入るあなたが悪いんですよ。遭難しても知りませんからね」と暗に示唆《しさ》しているのだ。

樹里は目を凝《こ》らして、看板の文字と言外の意味を読み取った。

湖畔一帯は晴れていた。だが、湖畔の道から樹海の中に足を踏み入れた途端、樹里は目に見えないバリアを通過したように、頭のてっぺんから足の先までひんやりとした感触を覚えた。今が晩秋だからという意味ではない。同時に上空を覆う樹木の葉が明るい光を排除した。

朝日がまぶしい時間帯なのに、彼女を取り巻く空気は一変した。常緑樹の葉がフィルターのように太陽の光のもっとも明るい部分をふるいにかけ、陰鬱な光のみを森の中に降らせているように思った。

これが樹海なんだ。彼女は身をもってそれを感じとった。

他の人もそのように感じているのだろうか。メンバーは添乗員を先頭に一列になって、細い道を歩いていた。樹里はそのちょうど中ほどだ。彼女の前に明美という女、すぐ後に竹之内夫妻が歩いていた。

だが、誰もまわりの景色に関心がないのか、ただ足元を見ているばかりだった。みんなの心も暗く閉ざされてしまったかのようだ。その中にあって、廃墟マニアの金田一弘のテンションが高く、メンバーから浮き立っており、それはそれで異常に見える。

道は踏み分け道のようなわかりにくいものなので、注意していないと、道からはずれ、迷ってしまう。メンバーはただ添乗員のあとに従うしかなかった。

湖の周囲はハイキング道として整備されている。地元の宿泊施設で無料配付している観光マップには観光客用のモデルコースが載っているが、樹海の部分は人跡未踏の地のように空白になっていて、道は記されていなかった。

添乗員は背広の胸ポケットに白いメモを入れており、時々それを取り出して見ている。簡単な地図でもあるのかもしれない。それにしても、添乗員は不安そうな様子も見せず、着実に歩を進めている。森の事情に精通しているようだった。

樹里は遅れないようについていくのが精一杯だった。背中の荷物は、やはり肩に重くのしかかる。

三十分も進むうちに、方向感覚がなくなった。これは樹海に入ってみないと実感として湧《わ》かないだろう。周囲、どこを見ても同じ単調な景色。ほぼ同じ間隔《かんかく》に同じような大きさの木が生えているのだ。植林したわけでもないのに、自然が勝手にそのように配分したとしか思えない。

道は木と木の間を抜けていく感じだ。独立峰が何百年か前に噴火した時、溶岩がこの地を埋め尽くし、森を燃やし、森で生活している動物たちを全滅させた。その亡骸《なきがら》の上を覆った溶岩内部の気泡が外へ出て、無数の疣《いぼ》のような突起物をもった醜悪な大地が形成された。そんなでこぼこの死の大地だったが、鳥たちが運んできた種から芽生えた小さな木が森を形作り、一つ一つの森がやがて途方もなく大きな集合体となった。

独立峰が沈黙した後、邪悪な森の集合体が残った。厄介で歪んだ黒い森が——。


黒い森は、人々から声を奪った。みんな、黙々と歩いている。金田でさえ、森に恐れをなしたのか、今はおとなしくなっていた。転ばないように足元に注意しながら歩くので、方向と時間の感覚がなくなるのも当然だ。それもまた樹海の持つ魔力だった。森に入る者に対して、貪欲《どんよく》に胃袋に呑みこむように、その知覚を麻痺《まひ》させる。森に取りこまれた人々は、冷静さを失い、出口を求めてさまよう。そして、それが無理だと知った時、狂気に呑みこまれる。

樹海の巨大な胃袋の中で、人々は生かされ、ゆっくりといたぶられ、やがて消化される。消化、すなわち死だ。消化できないのは狂気だけだった。

もし、わたしがここではぐれたら……。

不安が黒雲のように湧き起こってきた。彼から連絡がない不安を無理やり排除し、心の中に封じこめようとしたが、そんなまやかしも森には通用しない。

彼女の心臓が振動したのは、そんな時だ。ちょうど胸のポケット、心臓のあたりに携帯電話を入れていたのだが、今、それが唸《うな》りを発していた。マナーモードにしていたので、他のメンバーには聞かれていなかった。みな、黙々と歩いている。黙々と……。

彼女の胸の鼓動と携帯電話が共鳴した。

だが、電話を開いてみると、元のメールだけだった。彼女の過大な期待が錯覚を生じさせたのだ。前を歩く明美が後ろをふり返り、樹里に訊ねた。

「どうしたの?」

「何でもないです」

樹里は携帯電話を閉じて、胸ポケットに入れた。再び、沈黙の行列は樹海の深奥部に向かって突き進んでいった。物音といえば、地面を踏みしめる音と歩く人たちの息づかいのみ。樹海のそばまで執拗《しつよう》につきまとった鴉たちどころか、一羽の鳥の姿さえ見えなかった。

見上げると、樹木が上空を覆い、重なり合った葉の隙間から漏れた光が無数の針のように落ちていた。光はあるが、夜より不気味だ。夜になり、すべてが暗闇に包まれれば、何も見えなくなり、恐怖の対象さえ目に映らなくなるだろうと彼女は想像していた。

しかし、夜の帳《とばり》が落ちれば、また違った恐怖があることを樹里は知らなかった。知らないほうがいいのかもしれなかったが。

「みなさん。この辺で休憩いたします」

添乗員の甲高い声が樹海の中に響いた。しんと静まりかえった世界の中で、その声は無数の樹木の間に吸いこまれ、重い沈黙となってもどってきた。

目の前に開けた場所があった。そこだけ木が切り取られたかのように樹木が生えておらず、緑の芝生状の円形の空き地には、空から太陽の光が差しこんでいた。何かの集会をする場所を作るために木を切ったのか、家を作るために木材が必要とされたのか、それはわからない。

しかし、それまでの陰鬱な樹海の光景と雰囲気がまったく異なっているので、メンバーの口からほぼ同時に安堵《あんど》の溜息《ためいき》が漏れた。

まだ樹海に入ってから一時間ほどしか歩いていなかった。それまで表面的に疲れなど見せていないメンバーだったが、木の切り株や芝生の上に腰を下ろした途端、体の奥から疲労が滲《にじ》み出ているようだった。

樹里は朽《く》ちた切り株にハンカチを置いた。宿からわたされたお茶の入ったペットボトルの封を切り、夢中で飲んだ。こんなにおいしいものがこの世にあるのかと思うほどだった。それだけ疲れ、体が水分を欲していたのだろう。

全員が茶を飲み、渇《かつ》を癒《いや》していた。竹之内夫妻や最年長の喜多川は、さすがに疲労の色が濃く、喉《のど》を潤《うるお》した後、ぐったりとした様子で休息をとっていた。金田でさえ、廃墟のガイド本を背中のバッグにしまいこみ、息を整えている。長髪の若者や他の男性たちは、ただ黙したまま座っているばかりだ。

だが、添乗員はその間も立ったまま、白いメモ用紙を確認していた。この休憩地点に達したことも、彼の案内が間違いなかったことを意味しているのだ。

「ここで十五分、休みます。これからの行程を説明しますと、次の休憩地点で昼食、それから本日の宿泊場所へ向かう予定です」

「山荘には、風呂とかベッドはあるんでしょうか？」

竹之内の妻が訊ねた。

「もちろんですとも。ゆっくりおやすみいただくよう準備しております」

「食事も大丈夫ですか？」

「当然です」

「それはありがたいわ。歳をとると、疲れが溜まるし、あったかいお湯に浸《つ》かって、それからおいしい食事をして……」

竹之内の妻がそう言うと、夫のほうがたしなめるように言葉を挟んだ。

「おまえ、樹海の中にそんな快適な設備があるわけないじゃないか」

「あるんですよ。添乗員さんが言うんですから」

竹之内の妻はむっとしたように答えた。「そうなんでしょ、添乗員さん？」

「いや、実を言うと、私もそこへ行くのは初めてなんです」

添乗員は平然とした顔で言った。

「それなのに、道順がよくわかるんだね」と竹之内。

「もろもろの情報はここにインプットされているのです」

添乗員は右手の人差指で自分の頭を指した。そんなやりとりをしている間に十五分がすぎ、添乗員が「出発します」と高らかに言った。

それと時間を合わせたわけでもないのだろうが、さっきまで澄んでいた青空がにわかにかき曇り、開けた広場のような空間にもかかわらず、薄暗くなった。

「山の天候は変わりやすいので、早く行きましょう」

そうは言っても、時刻はまだ正午にもなっていないのだ。樹里はここからさらに何時間も歩いていくことにまた不安を覚え始めていた。ツアーのメンバーがそれほど不満を漏らさずついていくのが不思議なくらいだったが、そんな不安な時に留美夫からのメールの文面を見ると、元気づけられるのだ。

添乗員は円形の空き地の周囲をさっと見わたした。それから、大きくうなずくと、ある方向に進みだした。

よろよろと立ち上がった喜多川が、ポケットから紐《ひも》のついた磁石を取り出した。

「ほう、やはり、ここでは磁石は使えませんな」

竹之内夫妻がそれをのぞきこみ、納得したようにうなずいた。

「私なんか、どこからここへ入ってきたのか、もうわからなくなってます。帰れと言われても、もうどうしようもない」

竹之内が溜息と同時に言った。「添乗員さんは、さすがだな。さあ、行きましょう。はぐれるといけないから」

添乗員は旗を頭上高く突き上げた。左手にはアタッシェケース。通勤途中のサラリーマンのような歩きっぷりで森の中に消えた。そのあとをメンバーが早足で追っていく。最初の並び方が崩れ、年長者三人が列の最後になっていた。

樹里と明美がその三人の前を歩き、残りの男たちが列の前半を占めた。

広場から森に入ると、またあの樹海特有の陰鬱な世界が広がっていた。太陽が雲に覆われ、上空からの光が減じたことで、暗さがいっそう増している。

6

森の中をさらに一時間ほど歩いても、周囲の景色は変わらなかった。三百六十度、どこを見ても同じ風景が広がっていた。黒い森、色彩のない単色の森、白と黒が織りなす沈黙の世界——。

正午少し前。

また少し開けた空間に出た。近くで水の流れるような音が聞こえるが、それが唯一の物音だった。ここには風も流れておらず、空気は淀《よど》んでいた。

先頭の添乗員が立ち止まり、昼食休憩をとることを告げた。彼はアタッシェケースの中から白いビニール袋を取り出し、そこから竹皮に包まれた弁当を十個取り出した。民宿で作ってもらった弁当だという。

添乗員はそれを一人一人のメンバーに配り、民宿で脱落した寺島の分をアタッシェケースにもどした。各自、弁当をもらうと、思い思いの場所へ散っていった。樹里は明美と一緒に苔むした切り株の上にハンカチを敷き、その上に腰を下ろした。

竹皮の包みを開くと、中に海苔《のり》にくるまれたおにぎりが二個と毒々しい黄色のたくあんが二切れ入っていた。だが、疲労が思った以上に溜まっていて、それほど食欲がなかった。

「食べておかないと、体がまいっちゃうわよ」

明美が声をかけてきた。「この先、どうなるかわからないけど」

「そうですね。彼に会う前に倒れちゃったら、迷惑かけちゃうし……」

樹里がおにぎりをかじると、中に梅干しが入っており、その酸味でいくぶん食欲が出てきた。もう一つのたらこのおにぎりも食べて、お茶で流しこんだ。

「失礼だが」

その時、樹里は背後から誰かに声をかけられた。驚いてふり向くと、竹之内が彼女にやや厳しい目を向けていた。

「君のようなお嬢さんがどうしてここに？　まだ若いじゃないか」

背後にいる妻が夫の袖《そで》を引いている。

「お願いだから、やめて」

妻はそう言って、「ごめんなさいね。あなたが孫に似てたものだから、この人、ちょっと心配になったのよ」と付け加えた。

「じゃあ、あんたたちはどうなの？　どうしてこのツアーに参加したの？　人に質問する時は自分のことから話すのが礼儀よ」

明美は樹里が責められていると感じたのか、話に強引に割って入った。

「失礼。私が悪かった。言い方に配慮が足りなかったようだ」

竹之内は素直に非礼を詫《わ》びた。「私たちはね、ミステリー・ツアーという名前が気に入って、参加したんだ。四国巡礼するには根気と時間がいるし……」

「疲れませんか？」と樹里。

「自分に苦行を強《し》いるのもいいんじゃないかな、君。どうせ、私なんか、先が長くない身なんだから」

「あなた」

妻がたしなめるように言葉を挟んだ。

「いいじゃないか。旅の恥はかき捨てさ。我々に残されたものは何もないんだからね。恥ずかしながら、事業に失敗してね。その傷心の旅というわけなのさ。君を見て、孫娘を思い出して、つい……」

「わたしはこの人が心配だからついてきたんです」

竹之内の妻が言った。「わたしはツアーが終わったら、また新しい人生が始まると思ってるんですよ。今日は早く宿に着いてお風呂に入りたいわ」

「わたしにも竹之内さんのような祖父母がいます。ちょっと懐かしいなと思いました」

樹里は正直な気持ちを吐露《とろ》した。

「孫娘はかわいかったが、死んでしまったんだ」

「そうだったんですか」

「白血病だった。それを救えなかったのが悔しかった」

「お気の毒に。とても素敵な方だったんでしょうね」

「ありがとう。そう言ってもらえると嬉しい」

竹之内はしんみりした口調で言った。「でも、なぜ君はここに?」

「彼と約束してるんです」

「ほう、約束?」

「駆け落ちの……」

　樹里の口から自然に言葉が出た。

「親に反対されてここに？」

「そうです」

「私に止める権利はないが、この先、行くのはやめておいたほうがいいのではないかな。君には危険だ」

「でも、彼が呼んでますから。それに、今から引き返すのは不可能だと思います」

　樹里は三百六十度、同じような森を見まわした。

「くわしい事情はよくわからないが」

　ツアーの目的地で彼が待っていることを話せば、この初老の男はさらに突っこんだことを聞いてくると思ったので、樹里はそれ以上のことは話さなかった。その時、添乗員の声が響きわたった。

「そろそろ、出発いたします」

　込み入った話をそれ以上する必要がなくなったので、樹里はほっとした。

　添乗員は周囲を見わたした。それから、ある方向を鉄道の駅員が指差し称呼《しょうこ》をするような感じで人差し指で示し、歩き始めた。

7

太陽が西に傾いている。

実際、森の中で太陽が見えるわけではないが、樹海の中の空気に滲む色合いが刻々と暗くなっていくのが感じとれるのだ。無風状態の中、肌に触れる空気は冷えきっている。

野生動物の姿はこれまで目にしていなかった。鳥のさえずる声も聞こえず、樹海にはまるで生き物の気配がないように思えた。そこにいるのは、メンバーの九人のみ。

時刻は二時をまわったばかりだ。磁石は使えないが、時計は問題なく使用できた。ある〝事件〟が起きたのは、昼食休憩の後一時間ほどしてからだ。それはツアーの先行きを予感させる不吉な出来事だった。

誰かが鼻をひくつかせる音がした。添乗員のすぐ後ろを歩く増田という中年男が「臭い」と言いだし、立ち止まった。

風とまではいかないが、空気がわずかに流れていた。全員が立ち止まり、増田の視線の先を追った。

右手のほうに白いものが見えた。

「誰かいるわ」と明美。

こんなところに人がいること自体、奇妙だったが、間違いなくそれは人のようだった。あまり感情を露《あらわ》にしない添乗員が珍しく慌てたように言った。

「先を急ぎましょう。ここでゆっくりしている時間はありません」

彼は一行を促し、歩きだそうとした。

だが、増田が人影の見えたほうへ駆けだしたのだ。

「やめてください、増田さん。道をはずれると危険です」

添乗員が血相を変え、鋭い声で叫んだ。「すべりやすいし、危ないですよ」

制止を振り切って、増田は白いものが見えるほうへ向かった。追いかける添乗員は革靴なので、スニーカーを履いた増田に追いつくのはむずかしかった。
二、三十メートルほど離れた木と木の間に、「それ」はあった。
光沢《こうたく》のある白いワイシャツは真新しく、ズボンは折り目がしっかりついている。樹海の中を歩いたためか、黒い革靴の表面には溶岩で擦《こす》ったような痕があり、泥汚れも付着している。几帳面《きちょうめん》な性格らしく、靴を磨いたのか、汚れのついたティッシュが落ちており、白いくしもあった。七三にきれいに分けた髪。ここに来たのは、ここ数日のことだと思われた。

真面目なサラリーマン。家には妻と二人の子供がおり、近所の者にはやさしいパパと評判だ。毎朝七時半に家を出て、満員の通勤電車に乗り、吊《つ》り革につかまりながら器用にたたんだ新聞を読む。

下車駅の売店で栄養ドリンクを飲み、「さあ、今日も一日頑張るぞ」と自分に言い聞かせる。会社では係長。部下と上司に挟まれた中間管理職。上に対してぺこぺこと頭を下げ、部下にはやさしく命令する。

「ええ、とても人望のある上司でした」

「よく気のつく部下でした」

会社の人間にインタビューしたら、おそらくそんな答えが返ってくるだろう。

しかし、ある時、そんな人間関係に疲れてしまう。毎日残業、でも中間管理職なので残業手当てはつかない。夜遅い電車に乗り、帰宅すると、家族はすでに眠っている。テーブルの上には料理もなく、冷蔵庫を開けて自分で適当なものを見つけ、電子レンジで「チン」をする。味気ない食事。

そして、家族が入った後の風呂に浸かり、ほっとする間もなく、睡魔が訪れる。

妻がいびきをかいて寝ているそばに静かに入るが、会社のことが頭に浮かび、なかなか寝つけない。そんなことを思っているうちに、夜が明けてしまう。

ぼんやりした頭で寝床を抜け出し、自分でトーストを焼き、インスタント・コーヒーを飲み、駅へ向かう。手には手垢《てあか》のついたくたびれた合成皮革のカバン、駅で新聞を買い、通勤電車へ乗りこむ。

その繰り返し、繰り返し、繰り返し。

ある日、彼はいつものように起きて、新しい背広を着て、一番高いネクタイを締める。それから、カバンを持って自宅を出て、そのまま一人で樹海へ向かう。


キャーッと女の悲鳴があがった。

明美の声だ。制止されているにもかかわらず、添乗員のあとをツアーのメンバーが追いかけ、首吊り死体を目撃してしまったのだ。樹里も明美の背後から「それ」を見て、思わず口を押さえた。

「私が見ましょう」

そう声をかけてきたのが、七十代の男、喜多川だった。「私は医者です。添乗員さん、みなさんを遠ざけて」

添乗員は夢から覚めたようにはっとなり、「はいっ」と言ったが、他のメンバーはその場にとどまり、惚《ほう》けたように死体を見つめていた。

高さ二メートルほどの枝に結ばれたロープから四十代くらいの男の死体が吊り下がり、風もないのに、ぶらぶらと揺れていた。この世に未練を残しているかのように。

首が長く伸び、頭が右へ大きく曲がっていた。顔はどす黒く変色し、白目を剝《む》いた眼は恨みがましく宙をにらんでいた。

喜多川は死体をざっと眺め、その状態を調べた。触れなくても大体わかるようだ。

「死後、二日から三日というところかな」

医師の説明に竹之内が納得したようにうなずいた。

「ここは自殺の名所だから、どこかでこういうものを見ると思ってたよ」

「添乗員さん、どうする。これを警察に通報するべきかどうか」と喜多川医師。

「いや、この場所を説明するのがたいへんですよ。ここはみなさんのご意見を伺います。引き返しますか、それとも先に進みますか?」

添乗員は腕時計に目を向けた。「今、午後二時三十分をすぎたところです」

「目的地まであとどのくらいだね?」と医師。

「三時間弱だと思います」

「もし引き返すとしたら、日が暮れてしまうな。へたをすると、みんな、この男のようなことになる。樹海で寂しく死ぬのはいやだな」

「おっしゃる通りです。私としては、今日はこのまま進んだほうがいいと思います」

「君の判断は正しいと思う」

医師の言い方には重みがあり、メンバーのほとんどは同意を示した。

長髪の若者、桜井がその時、そばの草むらに行って吐いた。首吊り死体を見たショックが大きかったのだろう。大きな常緑樹の幹に手をついて、胸を押さえているのは竹之内の妻だ。夫はそれに気づき、「早くここから離れるんだ」と言った。

「これから、もっと驚くことが待ち受けているかもしれない。覚悟しておいたほうがいいだろう」

実際、その時の竹之内の言葉は現実のものになるのだ。

この時、死体を一番先に見つけた増田が突然叫びだした。それまでの緊張の糸が切れたにちがいない。ぶら下がっていた男は増田によく似ていた。

「いやだ。俺はもうこんなところにいるのは耐えられない。今から帰る」

そう言うと、増田は方向もわからぬまま駆けだした。

「やめなさい、増田さん。道に迷うだけですから。止まりなさい」

添乗員の声も空しく、その姿はたちまち森の中に消えていった。

「ああ、止めたのに」

添乗員の沈痛な声が樹里の耳を打った。「私は知らない。止めたのに。あの人は私の言うことを聞かなかった」

「添乗員さん。自分を責めることはないよ。あの人は自分の意志で決めたんだから、あなたの責任じゃないよ」

竹之内は、添乗員の肩を勇気づけるように軽く叩いた。「脱落者を気に病む必要はない。我々は進もう。ミステリー・ツアーの目的地までさ。何があるのか、最後まで見届けよう」

「ありがとうございます、竹之内さま。そう言っていただけると助かります」

添乗員は竹之内に礼を言うと、残ったメンバーに呼びかけた。「さあ、暗くならないうちに出発しましょう」

今まで動揺したことが嘘のように、添乗員は自信に満ちた声を出した。樹里も死体を見て動揺していたが、添乗員の声に気持ちを切り換えた。この魔性の森の中で弱みを見せたら、それこそ森の思うつぼだ。

民宿で一人抜け、今また一人抜けた。添乗員を含めて八人のメンバーが森の最奥部に向かってまた歩き始めた。

みんなの顔は真剣そのものだった。脱落するか、今日の目的地まで辿り着くか。こんなところで夜を明かすのはごめんだ。最年少の桜井でさえ、顔が引きしまり、真剣味を帯びていた。

廃墟マニアの金田一弘がまたガイド本を手にして、自分に気合を入れた。

「よし、行くぞ」

8

自殺死体を見つけてから一時間。森のどこからか水の音が聞こえていたが、やがて川が現れた。独立峰に降った大量の雪が溶けて地中にしみこみ、長い年月を経て濾過《ろか》され、浄化されて、再び地上に泉となって湧き出す。それが地表を流れて川となり、樹海の中を蛇行《だこう》しながら流れる。

季節によって水量が変わり、それにしたがって川幅にも変化があった。まもなく冬を迎えるこの季節、川幅はそれほどでもなく、大人なら簡単に飛び越えられそうだった。

「ここを遡《さかのぼ》っていくと、あと二時間ほどで目的地に到着します」

添乗員が立ち止まり、背後をふり返った。「十分ほど休憩いたします」

三時をすぎて、空気には闇の気配が徐々に濃くなっていった。メンバーたちは木に寄りかかったり、大きな根に腰を下ろしたりして束《つか》の間《ま》の休息をとった。

「あと二時間か。きついな」

喜多川医師が溜息とともに言った。老齢の彼は疲労の色が濃く、息づかいも荒くなっていた。「もっと楽な旅かと思ってたのだが、考えが甘かったな」

「申し訳ありません。せっかくの旅ですから、趣向を凝らそうと思いまして」

添乗員は頭を下げた。「でも、もう道を間違えようがありません」

「それにしても、君はここの地理にくわしいじゃないか。樹海に来るのは本当に初めてなのかね?」

「初めてです」

「それは驚いた」

医師は意外そうに言った。「それにしても、どうやってここまで辿り着けたのか。君はさっき頭にインプットされてると言ってたが」

「実を言うと、目印があったんです」

「どういうものだね? 私は気づかなかったが」

「それは企業秘密というか」

添乗員は曖昧《あいまい》に言葉を濁した。

「樹海の中で企業秘密もないだろう。もったいぶらずに教えてくれてもいいんじゃないかな」

「おじいさん、そんなことを聞いてどうするの?」

明美が言った。

「ふっ、おじいさんか」

喜多川は苦笑して、わが身を見た。「これでも、昔は登山できたえたものだ。樹海へ行くのが最初にわかっていたら、完全装備で来たのだが」

医師が履いているのは、ウォーキングシューズだった。

「あなた。わたし、靴擦《ず》れができたわ」

竹之内の妻が夫に呼びかけた。彼女もウォーキングシューズを履いていたが、真新しいので足に馴染んでいなかったようだ。

「あと二時間、歩けるかしら」

「もう少しの辛抱だ。我慢しなさい」

「竹之内さんの奥さま、もし我慢できなくなりましたら、私が背負いますから、ご安心ください」

添乗員はあくまでも冷静な口調で言った。

「まあ、あなたと違って、親切な添乗員さん。わたしがもっと若かったら、こういう人と結婚してたわ」

「ふん、もうすぐ終点なんだから、いやみを言うな」

「まあまあ、樹海の中で夫婦喧嘩はやめてほしいわね。さっきの首吊りの人も成仏できなくなるわよ」

明美がなだめるように言った。「で、添乗員さん。あなた、革靴なのに、どうしてそんなに速く歩けるの？　足元が悪いのに、転ばないし……」

「その秘密はこれです」

めったに笑うことのなかった添乗員が珍しく、口元に笑みを浮かべた。彼は片手を木の幹にあてると、右足の靴底をみんなに見えるようにした。そこには、黒っぽいゴムのようなものが貼られていたのだ。

「秘密というほどのことでもありません。滑り止めです。私は雪国の出身ですから、こういうことには、都会の人より知恵が働きます」

「なーんだ、そういうことだったのね。最初、あなたが背広姿だから、まさか樹海へ行くとは思わなかったわ。ミステリー・ツアーらしく意外性を狙《ねら》ったのね?」

明美の一言は場の空気をやわらかくしたように思われた。

「あのね、添乗員さん。さっき、あなた、目印があるって言ってたけど、何なの? そろそろ教えてくれたっていいんじゃない」

明美が言った。

「そうだ。ここまで何時間も歩いてきたんだから、もう秘密もないだろう」

喜多川医師が同調した。

「次のツアーもありますから、それはここでは控えさせていただきます」

添乗員はきっぱりと断った。

「え、次のツアーも予定されてるの?」と明美。

「はあ、そういうことです」

「まあ、呆れた。こういうことって、意外に需要が多いのね。あなたたち、うまいところに目をつけたわ」

その時だった。ずっと無言を通してきた長髪の若者、桜井が口を挟んできた。

「すみません。その目印って、これですか?」

彼は手に白い紐のようなものをいくつも持っていた。

「あ、それは……」

添乗員の顔がみるみる青ざめていった。「桜井さん、あなたは……」

桜井は、紐を一つ一つばらして、みんなに見えるように持ち上げた。

「これ、昼食をとったところで見つけたんです。あちこちにあるから、何だろうなと思いながら、ここへ来るまではずしてきました」

「それ、それ……」

添乗員がうろたえている。

「どうしたんだ、添乗員さん?」

竹之内が不審そうに訊いた。

「この方が持っているのは、道しるべとして、わが社が樹海につけておいたものなんです」

添乗員は若者から紐を取り上げた。「桜井さん、あなたはとんでもないことをしてくれました。私はその目印を見て、ここまでみなさんを連れてきたのですが、それがないとなると、もはや……」

「樹海から出られないということですか？」

桜井青年は言った。

「そう受け取っていただいてかまいません。我々はもう引き返せないということです」

添乗員は重い吐息をつき、両手を返し、お手上げのポーズをとった。「私たちはもう向こうの世界にはもどれない。退路を断たれたのです」

彼の髪が風に揺れた。風さえ吹きこまない樹海の中で、それは不思議な現象だった。生ぬるく腐ったような空気の流れが、樹里の鼻孔を刺激した。誰かが死んで腐ったようなにおい。

「向こうの世界って？」

明美が訊いた。

「つまり、樹海の外の世界です。人間が住んでいるところ」

「ここから脱出するのは、もう絶望的なんですか？」

樹里はそう質問しながら、全身の力が抜けていくのを感じた。もし山荘で彼と出会えなかったら、どうなるのだろう。

「そのようにご理解ください」

添乗員は唇を強く嚙《か》みしめ、苦渋に満ちた顔をした。

「つまり、我々は印に従って前に進むしかないということです」

だが、それに対して、喜多川医師は悟りきった口調で言った。

「添乗員さん、それも運命ですな。迷いを断ったと解釈するほうがいいと私は思うがね。君が仕事で来ているのはわかってるが、目印がなくなったことは、会社に携帯で連絡すればいい。そうすれば、次のツアーにストップをかけられる。樹海のどこで死んでもかまわないとみんなが考えるのであれば、それはまた別の話だが……」

「この樹海の中では、携帯は使えません」

添乗員は背広のポケットから携帯電話を取り出し、しばらく操作をしていたが、首を左右に振った。「やはり、ここは電波の届かないところなんです。みなさんもお試しになったら、いかがでしょう」

「電波は磁気に影響されないんじゃないかな」

医師は納得できないのか、自分の携帯電話を出して番号を押したりしていたが、すぐに頭を振った。「おやおや、確かに君の言うとおりだ。携帯は使えなくなってるな」

そう言われて、樹里も携帯電話を開いてみた。彼からの最後のメッセージが残っているだけで、その後は何も入ってきていなかった。

「ねえ、廃墟にくわしい君。そのガイドブックには何も書かれてないのかね?」

医師に聞かれた金田は左右に首を振った。

「この本には写真しか載ってません」

「ええっ、写真が載ってるの?」と竹之内。

ツアーのメンバーが金田のガイドブックをのぞきこんだ。そこには白黒の写真で不気味なログハウスのような建物が載っていた。建物全体から霊気のようなものが漂っている。

建物内部の写真もあり、そこには例の作家のつけた斧の傷や血痕が生々しく残っていた。

そして、対照的に笑みを浮かべた事件関係者たちのポートレート——作家、その妻、双生児の娘たち。

「建物の写真は、樹海で遭難死した者のカメラに収まっていたものです」

金田一弘は嬉々《きき》として言った。「僕たちはその〝憧れの聖地〟へ行けるのです。そこで死ねたら本望。帰りなんかどうでもいいんですよ」

「ええっ、嘘っ。気味が悪いわ」

明美が素《す》っ頓狂《とんきょう》な声をあげた。

「すみません。僕、何だかとんでもないことをやっちゃったみたい」

桜井青年は、子供のようにべそをかきだした。

「いや、君の行為は、我々の煩悩《ぼんのう》を断ち切ったということだ。謝ることはない。とりあえず、山荘への道順は添乗員さんが知ってるから、少なくとも山荘へは行けるはずだ」

老医師は落ちこんでいる若者の肩をやさしく叩いた。「添乗員さん、出発しよう。ぐずぐずしてたら、日が暮れる。私は死ぬのは怖くないが、こんなところで遭難するのはいやだ」

「そうですね。では、出発しましょう」

添乗員の掛け声とともに、八人はスタートした。

ミステリー・ツアーのメンバーはかすかな不安を抱えつつ、森の深奥部へと向かっていった。

9

午後三時半になった。朝早く民宿をたってから、途中休憩を含めて七時間はすぎている。樹海に入ってからもう六時間以上だ。その間に首吊りの自殺死体を発見し、一人が脱落するという〝事件〟があった。

さらに、一人のメンバーの不用意な好奇心から道しるべとなる紐が取られてしまった。山荘までのルートはわかっているらしいが、樹海から出ていく時の手掛かりが失われてしまったのだ。

「行きはよいよい、帰りは怖い」

樹里の気持ちを代弁したかのように、明美が古い童唄を口ずさんだ。「まさに、そういう心境だと思わない？」

樹里は答える気力をなくしていた。不安でたまらなかった。留美夫は待っていると言っているが、本当にそうなのだろうか。彼だって、最初は同じ思いで樹海に入り、遭難してしまったとも考えられる。

樹海の奥で再会だなんて最悪だと思わない？「愛があれば」という段階からかけ離れすぎている。

疲労が蓄積されていくとともに、今彼女が経験していることが、現実のこととは思えなくなってきた。空気の中の闇の気配も歩くにしたがって濃度を増していく。

ツアーのメンバーは、添乗員を先頭に一列になって進んでいた。まるで死の行軍みたい。樹里の気持ちも暗澹《あんたん》たるものとなっていった。

携帯電話を見てみるが、依然、電波の状況が悪いようだ。

「あなた、先に行ってください」

その時、樹里の背後から女の声がした。ふり返ると、竹之内の妻が地面にしゃがみこんでいた。

「わたし、もう歩けません。靴擦れがひどいし、足の筋肉が言うことをきかないし……。

だから、わたし、ここでやすみます」

夫が「もう少しの辛抱だ。あとちょっとだよ」と声をかけるが、妻は力なく首を振った。

「もういいんです。わたし、ここでもかまわないわ」

「何を言う。結婚する時、死ぬ時も一緒にと誓ったじゃないか。おまえが行かなかったら、俺もここに残るよ」

「お願いだから、あなたは先に行って」

妻はうずくまり、頑《かたく》なに同行を拒否した。

夫婦のところには、喜多川医師と樹里と明美が集まってきたが、添乗員と男たちは気づかないのか、先に進んでいて、その姿は見えなくなっていた。

「添乗員さん。ちょっと待って」

明美が大きな声で叫んだ。だが、その声はスポンジに水が染みこむように深い森に吸いこまれていった。添乗員の応答はない。少し前まで一列になって歩いていたのに、いつの間にかメンバーはばらけていた。

「わたし、添乗員を呼んでくるわ」

業《ごう》を煮やして明美が言った。

「一人で大丈夫ですか？　道に迷わないかしら？」

樹里が声をかけるが、明美は添乗員の消えたほうへ向かいながら手を振り返した。

「平気よ。川に沿って行けばいいんだから」

明美はそう言うと、駆けだしていった。彼女の姿はすぐに樹木の間に見えなくなったが、「添乗員さん、待ってよ」という声が木の間越しに伝わってきた。

「俺がおまえを背負っていくから、とにかく行こう」

夫が妻の肩に手をやった。

「いやです。わたしはここにいます。さっきの写真を見たら、あの山荘へは行きたくなくなったわ」

妻はうずくまり、両足を両手で抱えこんでいる。その顔は血の気がなく、体調がよくないことがわかった。

「奥さん。ここはご主人の指示に従ったほうがいいですよ」

老医師が言った。「暗くなってしまうから、とりあえず目的地まで行かないと……。ね、そうしなさい」

医師の説得によって、妻は力なくうなずき、ようやく立ち上がった。腰を屈《かが》めた夫の背中に妻は覆いかぶさった。

「さあ、行きましょう」

最年長の喜多川医師が先頭になり、次に妻を背負った竹之内、そして樹里が最後になった。時刻は午後三時五十分。

先を行った明美は添乗員たちに追いつくことができたのだろうか。

民宿を出る時、九人いたメンバーは今や四人になっていた。もう少し先で先行組と合流できればいいのだが、樹海はますます暗くなり、夜の闇に取り残される不安だけがつのっていった。

10

いつの間にか霧が出ているようだった。

空気が冷えこんできたことで、樹海の中に白い霧が線香の煙のように足元にゆっくりたなびきだしていた。その濃度は徐々に高まり、歩を運ぶ自分の足さえよく見えなくなっていた。

川の流れを遡っていけば、山荘に辿り着くというのだが、その目的地がとても魅力的なところとは言えなかった。しかし、そこに行くしかなかった。

水の流れる音は聞こえているので、川に沿っていることはわかる。だが、本当にこのルートを辿っていけばいいのか、時がたつとともに自信はますますなくなっていった。

それは先頭を行く老医師も同じ気持ちだったようで、彼は立ち止まって後続の者たちが追いつくのを待ちながら、樹海の周囲を何度も注意深く探った。

「本当にこれでいいんだろうね？」

彼は樹里に訊ねた。竹之内夫妻は、妻を背負う夫のほうの疲労も大きくなっているようだった。彼らはついていくのが精一杯で、自分たちのルートさえ把握していなかった。

「川に沿っていけば間違いないと思います」

樹里はそう答えると、両手を口にあてて、川上のほうに向かって叫んだ。

「添乗員さん、明美さん、どこにいるんですか？」

だが、応答はなく、絶望の空気を含んだ重苦しい沈黙がもどってくるだけだった。

「先生」

竹之内は、喜多川医師に呼びかけた。相手が年長者であり、医師であることを意識した言い方だった。「我々二人はもう限界かもしれません。先生とそちらのお嬢さんは先を急いでください」

「何を言うか。私たちは最後まで一緒に行動すべきです。奥さんを背負うのは私が代わってもいい」

「いや、それはいけません。先生もかなりお疲れのようだし……」

彼が指摘するように、最年長の医師の疲労の色も濃く、呼吸も荒くなっていた。医師は力なく自分の状況を認めざるをえなかった。

「じゃあ、先を進みますか。少しでも歩いたほうがいい」

時刻は午後四時十五分。「あと十五分もしたら、完全に暗くなってしまう」

「わかりました」

夫はそう言い、背中の妻に呼びかけた。「もう少しの辛抱だ。宿に着いたら、たっぷりやすめるからな」

だが、呼びかけられた妻は夫の背中で完全に意識を失っていた。意識がないことで、夫にかかる負担は増大した。

「今度はわたしが先に歩きます」

樹里が先導役を買って出ると、老医師は無言でうなずいた。彼にももう力が残っていない。三人の年配者を引っ張る形で樹里は先を急いだ。

左のほうに水の流れる音を聞き、音から離れないように歩いた。時々、添乗員や明美に呼びかけるが、応答はまるでなかった。一歩一歩、足を運ぶごとに森の中は明るさを失い、闇と霧の濃度が高まっていく。

時間との勝負だったが、あまり速く歩くと後続の三人がついてこられないので、無理はできなかった。

荒い息が背後から聞こえる。彼女自身の息も苦しくなっていた。足が重くなり、疲労困《こん》憊《ぱい》の極限に達していた。あと少し、あと少し。そう自分に言い聞かせるしかなかった。

午後四時半をすぎて、少したった頃、医師が呼びかけてきた。

「お嬢さん。後ろの夫婦がいなくなったよ」

彼女は立ち止まり、背後をふり返った。人の影がかろうじて見えるくらいの暗さになっている。

背後の森はしんと静まりかえっていた。竹之内夫妻の気配はどこにもなかった。貪欲な闇が二人の姿を呑みこんでしまったのだ。

「いつ頃からいなくなったんですか？」

彼女の声はやや鋭くなった。

「五分前までは確かにいたんだ。確認したからね」

「じゃあ、五分の間にいなくなったんですね？」

「そういうことだ」

「だったら、探してみます。このまま、二人を置いていくわけにはいきません」

樹里がもどろうとすると、医師が彼女の手をつかんだ。

「だめだ。君も遭難してしまう」

「あの二人、相当に弱ってましたよ」

彼女は医師の手を振りはらおうとしたが、彼の力は強かった。

「二重遭難は避けなくてはならない。このまま進もう。もうすぐ、何かが見えてくるはずだ。私も遭難したくない。こんな森で夜を明かすなんて、想像するだけでもいやだ」

「でも……」

「それでも探しにいくなら、勝手にしたまえ。私は先を行く」

医師はそう言って、歩きだした。彼自身、かなりの高齢で疲れきっている。竹之内夫妻を助けようとすれば、この人を失うだろう。彼女は二者択一の選択を迫られていた。

彼女は涙を飲んで、医師と二人で進む道を選んだ。苦渋の決断だった。

11

絶望というものが目に見えるのなら、彼女のまわりを取り巻く闇はまさに絶望そのものだった。墨《すみ》で塗りつぶした暗黒より、さらに濃い闇。

ツアーとして新宿で集合した時、十人だった。それが今朝民宿を出発した時には九人となり、首吊り死体を見つけてパニックを起こした者が樹海の中に消えてから、次々と数を減らしていった。

そして、今、メンバーは樹里と最年長の喜多川医師の二人だけになっていた。

十人が二人。パニックになるなと言うほうが無理というものだ。しかも、生まれて初めて入った広大な樹海だ。明るくても不気味なのに、暗くなったら、その恐怖をどう表現したらいいのか。

明るい時は、暗くなったら何も見えないからかえって恐怖が減じると思っていたが、とんでもない。樹海の闇は人の心の中、細胞の一つ一つにまでひたひたと浸透してくるのだ。底知れぬ恐怖が彼女の全身にまつわりついていた。

かろうじて正気に踏みとどまっていられるのは、連れがいるからだ。年老いた人であっても、そばに誰かがいるのは心強かった。

「お嬢さん。大丈夫か?」

「はい、わたしは大丈夫です。先生は?」

「申し訳ない。私はもうそろそろ限界だ。君だけでも何とか生き残ってほしい」

「そんなことは言わないでください。まだ川の流れの音が聞こえてます。わたしたちのルートが間違っていない証拠なんです」

そう言いながらも、彼女は自信が持てずにいた。「それとも、どこかで夜を明かしましょうか。途中ではぐれるより、そのほうが体力を消耗しないですむかもしれません」

体力を温存する。その選択もいいかもしれない。

ただ、食料がなかった。昼食をとって以来、何も口にしていなかった。精神の極限状態の中、食欲がなかっただけというのが現実だった。悲しいことに、今になって、胃は食料を要求するようになっていた。胃が収縮し、きゅーんと情けない音を出した。

「お腹が空いたかね？」

「すみません」

「謝ることはない。生理現象なんだから」

医師は寂しげに笑うと、背負っていたザックを下ろし、中から何かを取り出した。真っ暗闇の中、彼が出したのが何なのかわからなかった。

「チョコレートだよ。遭難した時にはこれが一番いいのさ」

「遭難？」

彼の言う「遭難」という言葉は、樹海の中では禍々《まがまが》しい響きを伴い、彼女が直面している苦境を浮き彫りにした。

「さあ、これを食べなさい」

包装紙を破る音がして、チョコレートの甘い香りが漂ってきた。彼女の手に渡されたものはチョコレートの一枚だが、彼の心の温もりがこもっていた。彼女は素直にそれを口に入れた。甘さが口いっぱいに広がり、体全体が温かくなったような気がした。

「ああ、おいしい」

この世にこんなに美味なものが存在したなんて。樹里は小さい頃、チョコレートを食べすぎて吐いたことがあった。あれ以来、チョコレートは苦手な部類に属していた。チョコレートを見ると、あの苦みのある甘いものが喉元を通って外へ吐き出された忌《い》まわしい記憶が甦《よみがえ》ってくるのだ。食べたチョコレートがすべて排出された後も吐き気はおさまらず、酸っぱい胃液が出てきた。胃の中が空っぽになっても、胃は痙攣《けいれん》を繰り返した。そんな過去の記憶――。彼女は泣くこともできず、ただ胃の暴走に付き合うしかなかったのだ。

だが、彼女が今口にしているチョコレートは何と甘美なんだろう。喉元を抜けて胃に入った瞬間、体全体に力が伝わっていった。

「ありがとうございます」

自然に口からそんな言葉が出た。「あら、先生の分は?」

彼女は相手の分まで食べてしまったことを悟った。

「いや、私には必要ない。君が元気になってくれれば」

「すみません。全然気づかなくって」

「飴《あめ》をなめてるからいいよ」

老医師は静かに笑った。「それより、今後どうするかだ。私はこのまま死んでもかまわない。それも本望だし……」

彼はそう言うと、その場にしゃがみこんだ。

「ああ、疲れた。いくら何でも、年寄りには強行軍だった。でも、いい思い出になったよ。山荘に着いて温かい食事にありつきたかったが、あの廃墟写真を見ると、まあ、むだな夢だったと思う。ツアー会社に騙《だま》されたみたいだけど、もう怒る気力もないよ。これでこの世とお別れだ」

「弱気なことを言わないでください。まだあきらめてはいけません。どこかに休むのに適当な場所があると思うんです。大きな木の根方に穴みたいなところがあれば、寒さをしのげるし……」

樹里はそう言って慰め、喜多川のそばにしゃがんだ。「実を言うと、わたし、リュックサックに暖《だん》をとるためのものを入れているんです。少しくらいなら温まると思います」

ああ、こんなことになると知っていたら、懐中電灯を持ってきたのに。

このツアーに参加しろと指示を出した留美夫は、こういう結末もあると想定していたのだろうか。

こういう結末？

そう、史上最低の結末よ。最後は愛している留美夫と出会うはずだったのに。

「君はなぜこのツアーに参加したんだね？」

彼女の気持ちを代弁したかのように医師が問いかけてきた。

「恋人に会うためです」

「ふうん、そうか」

医師はそれ以上のことは聞かなかった。

「失礼ですが、先生は?」

「私も君と同じだ」

意外な答えだった。

「えっ、奥さまが待ってらっしゃるんですか?」

「そうだ」

「もしかして、わたしの彼と同じところで?」

「いや、どうだろうね」

彼は力なく笑った。

「樹海のどこかですか?」

「樹海ではない」

「…………」

「あの世さ」

「もしかして、奥さま、亡くなられたのですか?」

「そうだ。一年前に死んだ」

「それはお気の毒に」

「死ぬ時は一緒だと誓い合ったのに、私を置いて先に逝《い》ってしまったんだよ」

彼は悲しそうに言った。「心の中にぽっかり空洞ができちゃってね。しばらく鬱《うつ》になっちゃったよ」

「愛してらっしゃったんですね？」

「もちろんだよ。四十年も連れ添ってね。あいつには苦労ばかりかけた。世界一周の船旅に連れていこうと思っていた矢先だった」

「病気ですか？」

「癌《がん》が進行して、気づいた時には手遅れだった。私が医者だというのに、女房のことも満足に見てやれなかったと思うと、情けなくってね」

「そうだったんですか」

「子供たちにも非難されたよ。私は孤独でね。生きる気力もなくしてさ」

医師は溜息とともに体内の膿《うみ》を吐き出すように言った。「だから、私はいつ死んでもいいのさ。天国であいつが待ってるから」

「そんなことを言ってはだめですよ」

「ありがとう。孫みたいなお嬢さんに慰めてもらって嬉しいよ。これで安心して旅立てる」

「どうして、そんなに気弱なことをおっしゃるんですか？」

「君は大丈夫さ。一晩やすめば回復するよ。夜明けを待ったほうがいい。動きまわることはいたずらに体力を消耗するだけだ」

暗かったが、老医師のそばに樹里は腰を下ろした。

「これを使いたまえ」

医師がザックの中を探る気配がし、やがてその手元に蛍《ほたる》のような光がついた。「ペンライトを持ってきていたんだ。何か緊急の時に使おうと思っていたが、どうやら今がその時のようだ」

樹里はペンライトを受け取り、周囲を照らしてみた。小さな光なので、二人のまわりをわずかに照らす程度だったが、そんな微弱な文明の力でも不安を少し解消することができた。

彼らがいるのは大きな木の根方で、その背後に動物が入れるほどの大きな穴が開いていた。夜が更けて気温が下がってきたら、中に入ればいい。そこなら風も入ってこないので、暖をとることもできる。

医師はかなり衰弱しているようだった。ほのかな明かりでも、その顔が蒼白であることはわかる。彼は顔を上げ樹里に微笑みかけると、力尽きたようにうなだれた。

「そこに穴があるので、先生が入ってください。一人くらいなら入れると思います」

「君が中に入りなさい。私はもう長くないから、ここにいる」

「だめですよ。わたしの言うことを聞いてください」

「私は医者だよ。自分のことは自分が一番わかってるさ」

医師はふっと力なく笑った。「ちょうどよかった。樹海の中で疲れきって衰弱死する。それもまた私の人生にふさわしい終わり方なんじゃないのかな」

「わたし、中を見てみます」

樹里は何が何でも彼を空洞の中でやすませようと思って中を照らしてみた。

高さは五十センチほど、奥行きはかなりあるようだった。これなら二人でも大丈夫かもしれない。体を密着させれば、体温を失わなくてすむ。男性とはいえ、相手は老齢だし、体も衰弱しきっているので、そんなに心配ではなかった。

だが、空洞の中を見ているうちに、説明できない不安が彼女を襲ってきた。何かが変だ。何かがおかしい。暗闇の中で誰かに見つめられているような不思議な感覚だった。彼女の肌を突き刺すような視線。むず痒《がゆ》さを覚え、彼女は頰《ほお》をかいた。

十一月中旬とはいえ、樹海の中は下界の初冬くらいの気候だろう。空洞の中で熊が冬眠していてもおかしくはない。いや、この樹海に野生動物が棲息するはずがない。だったら、これは……。

すっかり冷えきった頰はほとんど感覚がなくなっているが、それでも彼女は皮膚に得体の知れない何かを感じていた。それを説明できないもどかしさ。

恐怖？

そうかもしれない。彼女の知らない太古の記憶が樹海に棲《す》みつき、それが彼女の皮膚を通して脳の中枢《ちゅうすう》に直《じか》に呼びかけてくる。原始の記憶というべきか。

ふり返って、ペンライトで照らしてみると、こちらに背中を向けた老医師が微動だにせず、頭を垂れていた。

わたしを見ているのは彼ではない。じゃあ、一体誰なの？

彼以外の誰か。

例えば、途中ではぐれた人たちか。樹海に入った時、九人いたメンバーが今は彼女と医師の二人だけ。九ひく二は七。

そうよ、七人の誰かがこの近くにいるのよ。その誰かがわたしたちを観察している。

——何のために？

わからないよ。

——どうして声をかけてこないの？

そんなの、わかるわけがないよ。

——だったら、こっちから声をかけてみたら？

わかった。彼女は口に出してそう言うと、ペンライトの光を周囲にあてた。だが、近くの木はぼんやりと浮かんだものの、その奥まで光は届かず、かえって彼女を取り巻く暗闇の深さを認識させるだけだった。彼女は明かりを消した。

そして、木の影さえ見えない濃密な暗闇に向かって叫んだのだ。

「ねえ、誰なの？　そこにいるのなら、声をかけてきて」

返答の代わりに、淀んだ空気を感じた。何年もの間、腐敗に腐敗を重ねたような生ぬるい異臭。いくつも異なった種類を混合させた複雑な腐臭。そして、深くて重い沈黙——。

死んだ森は物音を発していなかった。さっきまで聞こえていたはずの水の流れさえ、今は聞こえない。息苦しいほどの沈黙が彼女の全身を押し包んだ。

何、これ？

「わたしたち、ミステリー・ツアーのメンバーです。今ここにもう一人いるんです。あなたはメンバーの人ですか？」

依然、応答はない。相手がメンバーではないのはわかっていたが、それを認めたら、彼女たちを危難が襲うような予感がした。彼女は時間稼ぎをしなければならなかった。

でも、時間を稼いで、どうしようと言うの？

逃げることが可能だと思っているの？

相手は樹海そのものかもしれない。これまで幾多の人間の命を呑みこみ、その一人一人の妄執《もうしゅう》を食べた巨大な化け物のような胃袋。その中で様々な恨みつらみを混合し、熟成させ、発酵させた、悪意のある空間。それが樹海だ。

「添乗員さん？」

そんなはずはないと思っているものの、声をかけてみた。「ミステリー・ツアーだから、最後にびっくり。そうですよね、きっと」

沈黙。

「目的地がわからないツアーって、おもしろいですよね。発想がいいです」

どうして、わたしは相手をほめているんだろう。そんなことをしたって、見えない相手が喜ぶはずがない。いや、わたしの恐怖を感じとって、喜んでいるかもしれなかった。

「これって、ミステリー・ツアーの最後のサプライズですよね?」

その時、背後でがさっと物音がした。意表を突かれ、彼女の中で抑えこんでいた恐怖が弾《はじ》け、思わず悲鳴をあげていた。

逃げようとした時、その音が医師の発したものだとわかった。木に寄りかかっていた医師が横に倒れ、そのまま地面に頭をぶつけた。ごつんと骨がぶつかるような音がした。

「先生」

呼びかけたが、医師は動かなかった。胸に手をあててみると、鼓動は伝わってこなかった。ああ、先生が死んでしまった。

それから、彼女は人の気配が木の空洞の中からするのに気づいた。森の中ではない。あそこからだ。誰かが潜んでわたしを見ている。

恐怖が彼女の心臓を鷲づかみにする。ぐわっと獣のような声が彼女の喉元から上がってきた。自分の声とはとても思えない太い悲鳴が声帯を震わせた。

木の空洞にペンライトの明かりをあてた。

人がいる。

わたしを監視している人が、あそこに潜んでいる。どうして、さっきは気づかなかったのだろう。

ライトがその人物をとらえた。グレーの背広を着て、縞模様の赤いネクタイをちゃんと結んだサラリーマン風の男。そう、あの添乗員みたいな。

「もしかして、あなた、添乗員さん？」

そんなはずはないとわかっていた。背広の色もネクタイの柄も違うんだもの。わたしたちの添乗員は、暗闇に溶けそうな紺の背広にチェック柄の臙脂色のネクタイだった。

その人物はまさに苦悶《くもん》の表情を浮かべながら死んでいた。この世を呪いながら、あの世へ旅立ったのだ。ライトを消す寸前、男の右腕に腕章が見えた。

「東京陽炎旅行社」

樹里の喉を太い手が締めつけ、窒息したような音が喉から漏れた。

「もう、たくさん」

彼女は空洞に背を向けると、夜の樹海に向かって駆けだした。重い荷物を背負って。

12

あれは別のツアーの添乗員だったんだわ。

あの人はずっと前に樹海に入ってきて、目的地に辿り着くことなく、あそこの空洞の中でそのまま死んでしまったのだ。ツアーのメンバーを統率できず、悲観して死んだのか、それとも道に迷って結局餓死してしまったのか、それはわからない。

あの人の浮かばれない霊が木の周囲に漂い、わたしの心に直に訴えかけてきた。そうよ、そうに決まっている。

体力の限界にいた老医師は、あの死体の霊に呼びこまれ、今頃はあちらの世界に行っているのかもしれない。彼がすでに亡くなっている奥さんの元で幸福に暮らすことを祈るしかなかった。

樹里は足元のおぼつかない樹海の中をひたすら走っていた。そんな中にあって、空洞の死体のことに思いを馳せている。

民宿の主人が、何日か前にも樹海に入ったツアーがあると言っていた。目的地に着けなかったツアーの末路か。彼女は、ミステリー・ツアーが命がけであるのを改めて実感した。

真っ暗闇。何も見えない。それにもかかわらず、木の気配だけは体が感じとれるようになっていた。樹海の空気に合わせて体が進化したのだ。といっても、そんな進化の仕方なんか、少しもありがたくなかった。

この樹海の中に生物は存在しない。たとえ、間違って入りこんでも、やがて死が迎えに訪れる。命は樹海の中で咀嚼《そしやく》され、骨まで溶かされる。そして、中途半端な思いを抱いた霊を樹海の中に吐き出す。

樹海に足を踏み入れた者の中には、かなりの割合で樹海に入ったことを後悔する者がいるにちがいない。この独特の空気の中、早まったと思って引き返そうとしても、いったん迷った地点から脱出するのはきわめて困難だ。そのうちに、同じようにして死んでしまった者の霊が迎えにくるのだ。

ああ、助けて。彼女が走っているのは、独立峰の溶岩でできたところだった。溶岩の陥没した穴に足をとられ、転びそうになりながらも十五分ほど走っただろうか。これ以上駆けるのは困難なほど、息が上がった。息の苦しさがやがて恐怖を上まわった。背中の荷物がだんだん負担になってきている。肩紐が食いこんできていた。

大きな木に両手を突いて、呼吸を整える。

胸の鼓動が正常にもどるとともに、彼女の耳に何かが聞こえてきた。人の呼吸する音。いや、彼女自身が発している音だ。樹海に谺《こだま》して、重奏的に聞こえるのだ。

ほっとして胸から息を吐き出した。すると、一拍おいて息を吐く音が聞こえた。彼女とは違う誰かの……。

またしても、パニックに襲われた。冷気が足元から一気に頭のてっぺんまでのぼりつめ、恐怖心が脳の中枢から全身に行きわたった。

「殺される」

動物的な勘が彼女にそう告げた。樹海に入ってから半日ほど、この異界の中で培《つちか》われた動物的な本能だ。

次の瞬間、彼女の体は横に飛び、暗闇に向かってまた駆けだしていた。悲鳴をあげたら、自分の位置を相手に教えるようなものだったが、喉から漏れる叫びを抑えることはむずかしかった。

原始的恐怖——。樹海に迷うほうが殺されるよりまだましだった。こんなところで誰にも知られずに殺されるなんて最悪。

ヒールの低い靴を履いてきて正解だったが、そんなこと正解であっても、少しも嬉しくない。疲労から回復しきっていないうちに動いたことで、すぐに息が切れ始めた。もう長いことはない。もうすぐ追いつかれる。

背後に足音はしなかったが、何者かの気配は感じられた。いくら逃げても、その気配から遠ざかることはできなかった。足元が不如意《ふにょい》な中、かろうじて転倒を免《まぬか》れているが、相手も転倒せずについてきているのがわかる。

アップダウンのある樹海の中、ふっと開けた場所に出た。

上空に円形の闇がある。明るいうちに休息をとった広場のようなところなのだろう。同じ広場のような気もするし、まったく違うとも思える。

ここでは霧が晴れており、上空、円形の闇の中には無数の星が瞬《またた》いていた。昼間は曇っていたが、また晴れているのだろう。樹海の中であっても、ここだけは空を通じて外界とつながっているような気がして、彼女は束の間《つかのま》、樹海にいる閉塞感から解放された。

だが、それは彼女を追っている何者かにとっても同様なのだ。彼女は上空からの星明かりによる微弱な光のシャワーをスポットライトのように浴びていた。闇の濃度に段階があるとすれば、彼女のいるところは、樹海の中に比べると、白日《はくじつ》の光を受けているかのように明るい。それは、相手の側からも容易に彼女の姿が見えることを意味する。

彼女は広場の中央にいた。ハンターがいるのなら、その絶好の獲物として。

がさっと物音がした。周囲のどこか。どこを見ても、同じような風景。等間隔に立つ不気味な木々の影。

「だ、誰なの？」

彼女は我慢できずに声をかけていた。

返事の代わりに荒い息づかいが聞こえてきた。それは、見えない相手が自殺者の亡霊ではなく、生身の人間であることを意味していた。亡霊には人を殺せないが、実在する者は人を殺せる。その人物から猛烈な敵意が放射されてきた。

逃げるとすれば、どこへ行ったらいいだろう。

同じような風景、同じような木々、同じような闇。

彼女は恐怖と必死に戦っていた。ここで隙を見せたら、相手は彼女に襲いかかってきて、骨の髄までむしゃぶり尽くすだろう。彼女が今持っている力強い意志が相手に警戒心を抱かせ、かろうじて均衡状態を保っているのだ。

だが、彼女の強い意志は張りぼてのように見せかけで、ちょっとした外的要因でバランスを失い、またパニック状態に陥《おちい》ることもありうるのだ。あるいは、相手は彼女の偽装をとうに見破っていて、いつ料理しようかとタイミングをはかっているのかもしれない。

その可能性は大だった。

彼女はどの方向へ逃げるか、必死に探っていた。どこからやって来たのか、すでにわからなくなっている。敵の位置も定かではない。四方、すべてに敵が潜んでいて、虎視眈々《こしたんたん》と彼女の命を狙っているように思えた。

隙がない、逃げ場がない。どうしよう。

その時、彼女の立っていた岩が崩れた。支えようとした足が苔のようなぬるっとしたものを踏みつけ、体のバランスが崩れた。

広場の空気が一変した。緊張状態が一瞬にして崩れ、周囲の悪意がいっせいに彼女に向かって牙を剝《む》いた。剝き出しの敵意。いや、殺意なのかもしれない。

「逃げろ！」

彼女の内なる声が指令を発した。転びかけた彼女は、左の森へ向かって走りだした。体勢を崩した勢いでそのまま体が動いたというのが正確なところだった。

その時、思いがけないことが起こった。

「待ってくれ」と男の声がしたのだ。彼女の背後から苦しげな声が聞こえた。彼女は運よく追手の潜む場所の反対方向へ逃げたことがわかった。

ラッキー。

だが、少しもラッキーではなかった。こんな樹海に来たことがそもそもラッキーではないことだったのだ。留美夫の指示がなければ、このようなツアーに参加することもなかったし、死と隣り合わせの冒険をすることもなかった。

「待ってくれ」

苦しげな声は、油断を誘う罠なのかもしれず、相手の言うがままに待つわけにはいかなかった。さっきまで相手が放射していたのは、彼女に対する猛烈な悪意だったからだ。

留美夫、どこにいるの？

「もしかして、君は滝川《たきがわ》留美夫を探してるのかい？」

男の呼びかけに樹里の体が条件反射的に反応し、勢いの余った体が立木《たちき》に衝突しそうになった。かろうじて衝突を回避し、その木の裏側にまわった。

「あなた、留美夫を知ってるの?」

彼女は闇の中に呼びかけた。それから、ある一つの可能性に思い至ったのだ。

「あなた、留美夫?」

質問をした途端、そんなはずはないと思った。あれは留美夫の声ではない。

「あなた、誰なの? 留美夫とどういう関係なの?」

相手は動きを止めていた。「ねえ、教えて。彼はどこにいるの?」

「知ってどうするつもりだ?」

「どうしても会いたいの」

「やめるんだ。山荘は危険だ」

切迫した相手の声の調子から留美夫が山荘にいることがわかった。やはり留美夫は待っていてくれたのだ。

「なぜ?」

「あそこへ行ったら殺されるからさ」

会話によって相手の位置を知ることができるが、同時に相手にも彼女の位置を教えていることになる。

声がやや近づいてきているのがわかった。彼女は逃げる方向が間違っていないことを知ると、再び動きだした。最初はゆっくりと歩き、駆けるほうに木がないところを選んでから走り出した。背後から追ってくる音がした。今度は、その存在が彼女に知れているわけだから、相手は音を出すことを躊躇《ちゅうちょ》しなかった。

「自分がどこへ向かってるのかわかってるのか。山荘には殺人鬼がいるんだぞ」

どっちが殺人鬼よ。男は彼女の恐怖を味わいながら狩りをしているのだ。彼女が疲れるのを待って、じっくり料理する気でいるのだ。

わたしは山荘へ向かっているのだろうか。

腕時計の夜光表示は午後八時三十二分。

山荘に着くまでにわたしは殺される。ただひたすら駆けながら、彼女は自分の陥った最悪の状況について考えをめぐらせていた。

重い疲労が体を蝕《むしば》んでいた。このまま永遠に走ることは不可能だ。

返り討ちにしてやるなんてことは、到底不可能。わたしのような力の弱い女があの男に太刀打《たちう》ちできるわけもない。

「待ってくれ」

男の声が背中から伝わってきた。距離はさっきより離れているような気がした。それでも油断は禁物だ。彼女は相手との間を離そうと、巧みに木を避けながら走りつづけた。

「待ってくれ」

不意に男の声が間近で聞こえた。遠く離れたと思わせることで油断を誘い、その間に急接近して彼女に恐怖を植えつける。そのほうが恐怖をより大きくさせることができるのだ。緩急織りまぜて、獲物をいたぶる。

肉体的な面において、すでに勝負は決していた。さらに深い絶望感に襲われ、彼女はその場にしゃがみこみたくなった。そして、実際そうしてしまっていたのだ。

うずくまったのは木の根方だった。心臓が破裂しそうなほど激しく脈打っている。心臓の鼓動が胸壁を破ってもおかしくないほどだった。重い疲労と焦燥感、それを絶望が覆い尽くし、諦観《ていかん》に似た気持ちが湧き起こってきた。

留美夫が待っている山荘が近くにあるはずなのに、もうおしまい。これでわたしの人生も終わり。

そう思うと、自虐的な笑いがこみ上げてきた。しかし、笑おうとしても、嗚咽《おえつ》のように横隔膜《おうかくまく》が痙攣《けいれん》するばかりで、情けなさを自覚するだけだった。彼女はただ木によりかかり、追手の足音に耳を傾けてみた。

追手の気配はなくなっていた。おかしいと思って、耳をすましてみると、水音が聞こえる。ああっ、川の流れの近くにもどっている。これを遡っていけば、山荘に到達できるんだわ。

希望が満ち潮のように一気にもどってくる。それとともに、生に対する執着心が再び湧き起こってきた。こんなばかげたところで死にたくなかった。誰にも知られずにこの世を去るなんていやだ。留美夫が近くにいるとわかった今、ここで脱落するわけにはいかなかった。

その時、追手の言葉が頭をよぎった。彼は留美夫を知っているようなことを言っていた。わたしを追って、留美夫の居場所を突き止めるのが男の目的ではないか。たとえ、そうであっても、わたしは川を遡り、留美夫の元へ行く。二人で力を合わせれば、追手に対抗できる。

一人より二人だ。

安易な考え方だろうか。それとも、敵に力を与えることになり、共倒れになってしまうか。

わたしは今、留美夫が山荘にいると確信している。奇妙なことに、あれほど空気の中に感じられた悪意が今はなくなっていた。

ペンライトを取り出し、水音のするほうへ向けると、間違いなく小川が流れていた。この川を遡っていけばいいのだ。

小川の幅は一メートルほどで彼女でも飛び越えられそうだった。流れの勢いもそれほどではなく、深さも大したことはないように見えた。

彼女は小川に沿って、上流へ向かった。もちろん、電池の消耗を防ぐために、ペンライトは消していた。気持ちは一気に高揚してきたが、それに反比例するように膝が悲鳴をあげていた。背中の荷物がさらに重みを増している。樹海の中を駆けまわって蓄積された疲労が、彼女に対して反乱を起こしていた。

それでも、彼女は気力だけで歩いていた。ゴールが目前なのだ。留美夫が待っている目的地にまもなく到着する予感がした。

13

流れの音が唯一の頼りだった。

左の方向からのかすかな音に耳をすませながら、足音をたてずに進んだ。どのくらい歩いただろう、彼女の感覚では三十分くらいのようだが、実際は一時間はたっていた。

突然、川がなくなった。

川の音はするのに、流れが消えているのだ。おかしいと思って、ペンライトで照らすと、岩の割れ目から水が泉のように勢いよく湧き出していた。

ここから水が流れだして川を形成しているのだ。独立峰に降った雪が春になって溶けて地面に吸収され、長い歳月をへて再び地表に溢《あふ》れだしてくる。つまり、ここは川の源流なのだ。

困った。ここから先、どこへ向かえばいいのだろう。

暗闇の中、彼女は再び絶望の思いにとらわれるとともに、重い疲労感に今にも倒れそうになった。

源流の先に、下流からの延長線を引いてみて、そこを進んでみることにした。これは賭《かけ》。「あっち向いてほい」の遊びのようなもの。はずれれば死が待ち、あたれば……。あたった先には、廃墟の本で見たあの不気味な山荘。でも、留美夫と会えるのなら、そこへ行かなくてはならない。背中の荷物はますます負担になっていたが、耐えなくてはならなかった。

「希望がなければ、こんな樹海、歩けないわ」

十五分ほど歩いただろうか。疲労がピークを迎え、これ以上は無理だと思われた時、急に開けた場所に出た。

それは道だった。ペンライトをつけて確認すると、車がやっと一台通れるほどの、未舗装の道だった。

「心中、おだやかではない」

これは二人が決めた合言葉だった。必ず彼とめぐり合って、合言葉を言い合う。そして、お互い持ち寄った荷物で愛を確認する。最後の日、次に会うときは必ずそうしようと申し合わせたのだ。ずいぶんまわり道をしているけれども、苦難の末に結ばれれば、それだけ喜びも大きい。

さて、彼女は一本道を前にして、また考え始めた。現実問題として、道をどっちへ進めばいいのか。これも悩みの種だった。

携帯電話を開いてみたが、相変わらず使用不能だ。

一つの困難を乗り越えても、また新たな困難が待ち受けている。

すべて、留美夫が彼女に対して謎かけをしているような気にもなってきた。幾多の困難を乗り越えた末に結ばれる選ばれた二人。それがわたしと留美夫なのだ。

道をどちらへ進むべきか。

左右にペンライトを照らしてみる。広大な樹海の中でちっぽけな人工の明かりは、彼女の周囲をわずかに照らすことしかできず、己の力の限界を思い知らされただけだった。左右とも大きな宇宙空間のような漆黒《しっこく》の闇がつづいている。

——左と右、さあ、どっち？　決めるのは、あなたよ。

これまでの選択は間違っていなかった。それはほめてやるわ。でも、今度の選択を間違ったら、今までのことはすべてちゃら。わかる？

天国か地獄の二者択一だった。一方を選べば、留美夫に会えるかもしれない。もう一方を選べば、樹海の中をただ彷徨《さまよ》うだけだろう。

――右か左か。さあ、どっち？

彼女は待ったなしの決断を迫られていた。

そして、選んだ、右の道を。ただ何となくそう思っただけだ。自分の勘を信じて、彼女は右の道を歩き始めた。

はずれか、あたりか。はずれたら、地獄。あたりでも、天国とはかぎらない。留美夫が無事でいる保証はないからだ。

しかし、彼が待っていることを信じて進むしかなかった。

他に道がないんだもの。

14

彼女の歩く道は湿っていた。

樹海の中にあるので、恒久的に乾くことはないのだろう。踏みしめると、じわっと湿りけが出てくる。川の源流の近くであることも影響しているのかもしれなかった。

道はけものみちではなく、間違いなく人間の手が入っていた。車一台がやっと通れるほどの幅で、車のすれちがいはできないが、ところどころに退避スペースが設けられていて、そこで車は相手車両を待機できるようになっていた。

道幅は広くもならないが、狭くもならない。車が入れるようなところなら、危険ではないような気がしてきた。彼女は時々立ち止まり、周囲に注意を払った。足音もなく、人がいる気配もない。森の中は、まったくの無音。歩けば、彼女の足音だけが響くのだ。もし尾行する者がいれば、すぐにわかるはずだった。

道は川の流れのように蛇行していた。どうやら、樹海の中の溶岩の部分を避けているので、そうしたルートになっているようだ。

夜の闇の中、これまでの留美夫との記憶が次々と甦《よみがえ》ってきた。過去の楽しい思い出を並べることで、いっとき不安を追い払うことができた。

彼と初めて出会ったのは、高校の時だった。二人は同じ市にある私立の男子高と女子高にそれぞれ通っていた。彼女が入学した時、留美夫は二年生。彼女は近くの町から電車通学していたが、彼はその向こうの町から通っていた。

同じ電車、学校へ通う道筋も途中まで一緒だった。小さな二つの丘の上に二つの学校はまるでお雛《ひな》さまのように並んでいた。お嬢様学校と金持ちの子弟の通う男子高。まるでおとぎ話みたいな古臭い設定だ。

そんな高校生同士の美男美女のカップルは、四月の入学式の日、通学の電車の中で同じ車両に乗り合わせ、一目で恋に落ちた。彼女は彼と結ばれる運命だと認識したのだ。

それからは、登下校の時も一緒、休日も一緒にどこかへ出かけることが多くなった。大学は地元の同じ私立大学に通い、大学四年の時、彼からプロポーズを受けた。

しかし、二人には障害があった。両家とも地元の名家であり、二人はそれぞれ一人娘と一人息子だった。両家とも結婚を認めるわけにはいかなかったのだ。それに、もともと二つの家は昔から対立する関係にあった。

まさにシェイクスピアの『ロミオとジュリエット』と設定が似ていたし、彼らの名前も偶然、「留美夫と樹里」と似通っていた。

大学を卒業後、二人は思いきって駆け落ちをした。だが、それは両家の知ることとなり、両家の雇った追手に見つけられ、無理やり引き離されたのだ。

楽しかった日々、そして苦い思い出。二十六歳と二十五歳となった二人は、また駆け落ちを計画し、こうして別々に旅に出たというわけだ。共通する一つの目的地に向かって。究極の目的のために。

彼女はこれまでのつらかったことを極力排除し、楽しかったことだけを思い出そうとつとめた。そうした試みも、いっとき不安を駆逐《くちく》することができたが、不安は夜の闇のようにとらえどころがなく、追い払っても追い払っても、体につきまとってきた。

彼女はただ暗闇の中を歩きつづけた。ところどころ道が陥没していたり、両側から土が崩落して道をふさいでいたりした。もし車で入ってきたら、間違いなく途中で立ち往生するだろう。

時刻はすでに十一時をまわっている。

老医師にもらったチョコレートを食べてから何も口にしていないが、空腹感はそれほどなく、ただひたすら足を動かしているだけだった。

気がつくと、いつの間にか道幅が広くなっていた。道が楕円形を描くように曲がり、やがて大きな広場に出た。

広場?

上空には満天の星が輝いている。これまでの広場で見るより、さらに大きな空。だが、それは樹海の広さを再認識させるだけだった。

風が吹いている。晩秋の凍《こお》りつくような冷たい風が彼女の頰を撫でた。樹海の中では木々に妨げられて入ってこられなかった風が、ここでは上から吹きこみ、渦を巻くように流れていた。全身の肌がぴりぴりと痛んだ。

広場の中央に大きな木がそびえており、その向こうに黒い建物の影が見えた。

希望がふくらんできた。

はやる気持ちで建物に近づくと、星明かりでおぼろげながら広場と建物の全体の輪郭《りんかく》が黒々と見える。道は車寄せのようになっていたが、車はなかった。

山荘のような建物。

寒けが足元から脳天まで一気にのぼりつめた。ざわざわとした恐怖感が彼女の全身に鳥肌を立たせた。

廃墟マニアの金田の本に載っていた写真と同じものだった。いや、現実の山荘はいびつに歪《ゆが》んでみえる。昨夜、夕食の後、ツアーのメンバーを炉端に集めて主人が語っていたことを思い出す。それは樹海の中の山荘に住んでいた小説家一家のことだった。

作家は静かな環境を求めて樹海の中の山荘を購入し、画家の妻と双子の娘を連れてやって来る。しかし、静かな環境の下、執筆は捗《はかど》るどころか、何の着想も浮かばず、重度のスランプに陥る。やがて、気が変になった作家は妻や子供たちを惨殺し、自分は樹海の奥へ消えていってしまうという話。

昨夜、あの話を聞いた時、樹海の中に山荘があること自体、ありえない話、絵空事だと思っていた。しかし、樹海の中に身をおくと、必ずしもありえない話とも言いきれないと感じた。こんなところで暮らしたら、誰でも精神に異常を来《きた》す。

もし、そうだとするのなら、究極のミステリー・ツアーだと思う。

でも、ここがツアーの目的地なら、留美夫はどこ？

本当にここにいるの？　それとも、全然関係ないところでわたしの到着を待ちわびているの？　それから、添乗員はどこにいるの？　他のメンバーは？　相部屋だった明美さん、廃墟マニアの金田、長髪の若者……。

彼女は広場の端にずっと立ち止まって、真っ暗な建物を見つめていた。

人の気配はまるで感じられない。そう、死の家といった感じ。過去の惨劇の舞台と脳にすりこまれたことが、彼女にそのような禍々《まがまが》しいイメージを喚起させるのだ。

一瞬、鮮血の赤いイメージが彼女の脳裏をよぎった。作家の持つ斧が斜めに一閃《いっせん》、血が勢いよく噴出する。思わず目を閉じる。それから、再び目を開けた。

15

その家は、二階建てで、大きな三角屋根のログハウスのような造りだった。ここで小説家が自分の家族を殺すという惨劇が起こったのだというが、この家の佇《たたず》まいを前にすると、それもすんなり信じられるのだ。予備知識がなくても、家からは歪んだ狂気のようなものが周囲に放射されているのがわかる。

前に進むか、後ろにさがるか。どちらを選んでも危険が待っているような気がした。

だが、いつまでも家の前で佇んでいるわけにはいかなかった。まもなく到来する厳しい冬を予感させるように、気温がぐんと下がってきていた。重い疲労が体の休息を求めていた。このままでは、恐怖に打ち勝つ前に倒れてしまうだろう。

もう行くしかない。留美夫が待っているかもしれないんだもの。

彼女は前に進むことを選択した。背後の樹海には彼女を追ってきたあいつが待っている。あの男は彼女をつけて、この山荘に辿り着きたかったのかもしれないが、彼女は途中でまいた自信があった。その証拠に、背後に誰かが潜んでいる気配は感じられなかった。樹海にもどって、またあいつに見つけられるより、とにかく今は休息が必要だ。小説家に惨殺された妻や双生児の霊が家の中に漂っているとしても、強い精神力があれば、それに打ち勝つことができる。

わたしには霊感のようなものはない。鈍感なのだ。それに、わたしは基本的に幽霊のような存在を信じていないので、たぶん霊が囁《ささや》きかけてきても聞こえないし、霊の姿を見ることもできないだろう。

「心中、おだやかではない」

彼女は合言葉をつぶやいた。肩に重くのしかかっていた荷物が今度は力を与えてくれたような気がした。実体のないものを怖がることはない。それに、留美夫がここで待っている可能性もあるのだ。

そうよ、彼は待っている。暗い家で彼女を待って、じっとしているのかもしれない。百パーセントではなく、一パーセントの可能性であっても、それに賭ける必要がある。背中の荷物が彼に会いたがっている。

さあ、早く。

留美夫はきっとわたしを驚かせたいの。サプライズ・パーティーを開くつもりなのよ。だって、わたしが参加したのは、ミステリー・ツアーだったじゃない？　わたしが家に入った途端、明かりがぱあっと灯《とも》って、彼はわたしを死ぬほど驚かせるつもりなの。

死ぬほど？　わたしが死んでしまったら、どうするの？

彼女の足は止まった。さあっと彼女の頬を冷たい風が撫でた。忌まわしい記憶がいくつも重ねられ、歪んだ形で培養され、化け物のような撓《たわ》んだものになっている。

いや、こんなところにはいられない。彼女はまた歩きだした。

「留美夫。そこに、いるんでしょう？」

九十九パーセント、その可能性はないと思ったら、悪い霊につけこまれてしまうだろう。

彼女の頭は混乱していた。霊は信じていないのに、得体の知れない存在を怖がっている矛盾。霊はいないが、宇宙からの飛来生物はいるかもしれない。

あら、わたし、何を考えているのだろう。支離滅裂だわ。

玄関のポーチの前で立ち止まり、建物を見上げた。威圧するように立つ山荘。その背後に果てしない宇宙空間。無数の星をばらまいた途轍《とてつ》もなく大きな広がり。わたしには想像もできない。背後の樹海には、わたしを脅かす実体のある存在。

その時、がたんと物音がして、彼女の物思いは途切れた。

屋外ではなく、明らかに建物の内部からだった。

幽霊は音を立てることができない。誰か生身の人間が中にいるのだ。

「留美夫」

彼の他に考えられないと無理に自分に言い聞かせた。樹海で彼女に声をかけてきた男が留美夫のことを話していたではないか。そうよ、きっと留美夫がここに……。

彼女は意を決してポーチの木製の階段に足を乗せた。みしりと軋《きし》み音がした。暗いので、はっきりしないが、相当に老朽化しているにちがいない。

一歩、二歩、三歩。ポーチに上がり、再び背後をふり返った。目が闇に慣れている。星明かりにうっすらと照らされた庭が見えた。枯れ草が一面に生え、見る者に荒廃した印象を与えている。

誰もいない。

ドアまで静かに歩を進めるが、板に打ちつけられた釘が鶯《うぐいす》張りのように響く。もし中に人がいるのなら、当然訪問者の存在に気づいているはずだった。

骨を削《けず》るような音が背後でした。

彼女は本能的に危険を察知し、腰を屈めてふり返った。

ギイイイ、ギイイイ……。

白いものが揺れていた。白いワンピースを着た小さな女の子が二人、庭の隅にある箱型のブランコに乗って遊んでいた。

彼女は頭を振り、目を強く擦《こす》った。

違う。使われなくなったブランコが風に揺れているだけなのだ。油が切れて耳障りな音を立てて右へ左へ動いていた。

目の錯覚か。作家に殺された幼い双子の姉妹の話が脳の襞《ひだ》の奥の奥までこびりついているにちがいない。そういう意味では、民宿の主人のあの話は聞く者に強烈な印象を植えつけたのだ。

風に揺れるブランコ。ばかばかしい。

彼女はドアに向き直り、その丸いノブに触れた。ビリッと剝き出しの電線に触れたように、右腕の付け根まで痺《しび》れが走った。慌ててノブから手を離し、手に息を吹きかけ湿らせてからもう一度握った。

ゆっくりまわしてみると、ノブは抵抗なく動いた。鍵は掛かっていない。

気をつけろ。これは罠だ。

だが、彼女には入っていくことしか選択肢がなかった。

もう後には退《ひ》けない。

16

午後十一時十五分。

樹里はノブを右にまわし、静かにドアを引いた。

ドアの隙間から、生ぬるい空気が流れてきた。一瞬、ドアを閉めようと思いかけたが、樹海で夜をすごすことの危険が頭をかすめ、そのままドアを引いた。

中は真っ暗だった。

しかし、何かが蠢《うごめ》いていた。いや、それは彼女の恐怖心が生み出した妄想なのかもしれなかった。

「こんばんは」

そう言うこと自体、ばかげていると思うし、もし中に人がいるのなら、相手に警戒心を与えることになるだろう。しかし、自分自身の恐怖心を打ち消すには、そのように声を出すしかなかった。

応答はなかった。

「旅の者です。今夜、泊めていただけないでしょうか?」

依然、応答はない。

「外が寒くて、我慢できないんです。床でもかまいません。一晩だけ泊めてもらえないでしょうか。朝になったら、出ていきますから」

彼女は後ろ手にドアを閉めた。いざという時のために、鍵は掛けず、そのままにしておいた。

いざという時？　もちろん、中にいる者に襲われた時のことだ。邪悪な意志を持った何者かが襲いかかってきた時、逃げ場所を確保しておかなくてはならないのだ。

彼女はドアから壁を背にして左へ移動した。ドアの近くにスイッチがあるはずだ。明かりをつければ、家の中の様子が明らかになる。

しかし、こんな樹海の中に電気が通じているのだろうか。あの小説家が住んでいた頃は、電気があったはずだ。電線が樹海の外から入ってきていなくても、自家発電はどこでも可能だった。

何も見えない部屋の中に注意を払いながら、彼女はスイッチを探ったが、指先にそれらしきものは触れず、どこをさわってもログハウスを形作っている丸太の感触だけだった。

左にではなく、右にあるのだろうか。

彼女はいったんドアのほうにもどり、それから右の壁を探りながら進んだ。それでも、スイッチは見つからなかった。

おかしい。

その時、彼女は風の流れを感じた。密閉したはずの家の中で空気が動いている。そんなばかな。

いや、誰かがここにいるのだ。息をひそめて彼女の動きを追っているのだ。

超自然の恐怖のほうがまだいいと思った。実体のない恐怖なら、心を閉ざすことで対処できるが、実在する人間が彼女を狙っているとすれば、逃げる道はドアから外へ脱出することしかなかった。

樹海にいれば、家の中のほうがまだましだと思うが、家に入って違った恐怖にさらされると、外のほうがよかったと思う。

「誰、誰かいるの？」

応答はない。

「ちょっと入っただけなんです」

風の流れを頬に感じた。誰かが部屋の中で動いている。

「ねえ、ほんと、誰なの？　わたしは怪しい者ではありません。旅の途中で道に迷って、ここに辿り着いただけなんです」

その時、低い唸り声のような音が聞こえた。動物？

もしかして、樹海に棲息する野生動物が家に入りこんでいるってこと？

狼、野犬、それとも野生化した猫とか。でも、樹海の中でそうした動物に遭遇したことはなかった。ここは死の森だったはず。

また、空気が揺れる。そして、低い唸り声。

彼女の手がドアノブに触れた。助かったという思いで静かにノブをまわす。だが、動かない。どうして？

知らないうちに誰かがロックしてしまったのか、それとも彼女が焦っていて、まわす方向を間違えているのか。

逆にまわしてみたが、同じだった。指の先からちりちりと焦《こ》げるような感覚が肩までのぼりつめ、一気に押し包んだ。ドアノブが壊れているのだ。

退路を断たれた彼女は暗い室内を時計まわりに動いた。どこかに部屋か廊下のようなものがあるはずだ。パニック状態になりかけていたが、必死に抑えていた。ここで負けたら、今まで頑張ってきた意味がなくなる。その思いだけが彼女を支えていた。

最初にドアらしきところに行きあたり、ノブに触れてみた。動かない。中から鍵が掛っているのだ。さらに少し左手へ行くと、またノブがあった。ここも動かなかった。

時計まわりに動いている感覚はあるが、果たしてそうなのかもわからない。やがて、手すりのようなものに触れた。等間隔に柱があるので、おそらく階段なのだろう。

ふっと、いやなにおいが流れてきた。

血のにおい？

いやだ、もしかして、これは……。生臭くて生ぬるい液体から流れてくるにおい。切れた血管から噴出する液体が放つものだ。胃の奥から強く突き上げてくるものがあった。逆流した胃液が喉を上がり、口から出てきそうになったが、無理やり飲みこんだ。チョコレートを口にしてから何も食べていないので、もどすものがない。胃液の強烈な酸が彼女の喉を焼いた。

彼女の中で何かが切れた。ピアノ線がペンチで切断されたかのようにブチンといやな音が頭の中で鳴った。切れた線がビーンとはねて、彼女の心の襞に鋭い傷をつけた。切れた襞からどす黒い血が流れだす。

ああ、もうだめだ。

彼女の喉から悲鳴が漏れた。酸っぱい胃液のにおいが鼻孔を刺激した。

逃げよう。ここから早く脱出するのよ。パニック状態に陥りながら、彼女は山荘から逃げだすことを選択した。ここより外のほうがまだまし。

足が自然に動きだした。どこに玄関のドアがあるのかわからないのに、脳は「早く逃げろ」と指令した。ここは呪われたところ。惨劇からいくら時間が経過しても、その記憶をぬぐい去ることはできないのだ。この家は血のにおいを吸収し、訪れる者あらば、その気を呪いとして吹きかける。

ドアノブが壊れていたことを思い出した。

いいえ、違うわ。わたしが焦っていて、よくまわせなかっただけよ。

部屋の中央を駆け抜ける時、前方に人の気配を感じた。

そいつは彼女がここに入ったのを承知して、ずっと観察していたのにちがいない。避けようとしても間に合わなかった。勢いがついた彼女の体は、明らかに人と思えるものと衝突したのだ。

額に激しい衝撃を受け、彼女は反動で仰向けに倒れた。背中の荷物がごつんと鈍い音を立てるのを、彼女は他人事《ひとごと》のように聞いていた。

17

気がついた時、樹里は漆黒の闇の中にいた。

額がひどく痛んだが、自分がどこにいるのか理解できないでいた。硬いところに横向きに寝ている。

枕元の目覚まし時計が鳴っている。アラームを止めようと手を伸ばそうとするが、手は膝のそばにあって麻痺したように動かない。

いや、鳴っているのではなく、頭が何かに共鳴しているのだ。ボウルの中を電動攪拌器《かくはんき》でかきまわすように。

前頭部に激しい痛みがあった。これはいつもの平和な朝ではない。これは……。

隣に誰かが寝ている気配があった。必死に指を動かし、床の上をそろそろとその「誰か」のほうへ伸ばしていく。

「留美夫？」

きっと、そうよね。あなた、ここで待っていてくれたのね。

ここで？

ここは、どこ？

そこで津波が沖合から一気に浜辺に押し寄せるように意識がもどった。溢れる記憶が、脳の容量を超え、彼女は激しい眩暈《めまい》に襲われた。首を振ろうにも、余力が残っていなかった。

しばらく、そのまま記憶の荒波が鎮《しず》まるのを待った。やがて、引き潮が去るがごとく、彼女の意識が平常にもどった。

そう、ここは樹海の中の呪われた家。目だけを隣に横たわる人間に移すと、その黒々とした影が見えるようになった。

黒っぽいズボンをはいた男の足が彼女の目の前に伸びていた。並んで横たわっているといっても、二人は互い違いになっているのだ。彼女の足が男の頭のほうに行き、男の足が彼女の顔に向いていた。

黒い革靴の底が見えた。すり減って、疵《きず》のついた靴底が目の前にあった。

おやっと思ったのは、靴底に貼られたゴムのようなものだった。どこかで見たような記憶が……。

男は微動だにしなかった。さっきより、指に感覚がもどってきていた。前頭部の痛みは意識がもどるにつれ、ひどくなっていたが、我慢できないほどではなかった。

指先を少しずつ男のほうへ移動させ、ズボンの裾に達した。

指で裾をつまんで引いてみたが、反応はない。男が死んでいるのか、意識を失っているだけなのか、定かではなかった。いずれにしろ、その男が今彼女に危害を加えるとは考えられず、精神的な落ち着きがもどってきた。

静かに起き上がってみよう。両手に力を入れ、それから足の爪先まで感覚があることを確認した。まず、両手を使って上半身だけ起こす。

頭の位置を上げることで、視野が少し広がった。

床がぼんやり白く、その上に黒い体が横たわっているのが見えた。留美夫ではない。留美夫なら、もっと大きいはず。ここにいる男の人はわりと小柄だ。

殺されたにしては、血のにおいがしない。眠ったままあの世へ旅だったような気がする。

一体、どうしちゃったんだろう。

樹里はペンライトを持っていたことを思い出し、服の脇ポケットに手を突っこんだ。壊れていなければいいのだがと思いつつ、ペンライトのスイッチを押した。

幸いにも、明かりはついた。彼女はその微弱な光を男にあてた。紺色の上下のスーツ。そのまま光を足元から徐々に上げていく。チェック柄の臙脂《えんじ》色のネクタイを几帳面に締めている。

彼女は立ち上がり、一気に光を男の顔にあてた。

「添乗員さん」

その男は、彼女の加わっていたミステリー・ツアーの添乗員だった。彼に何があったというの？　顔から全身に光をあててみるが、致命傷となるような傷はなかった。

なぜ死んだのか。それに、他の人はどうしちゃったんだろう。

その時、彼女は添乗員の首についた赤い筋に気づいた。首の周囲に輪を描くように赤い線ができているのだ。鬱血《うっけつ》したような痕。

はっとして、添乗員のまわりを照らしてみると、案の定、白いロープがのたくった蛇のように落ちていた。

殺されたのではない。首吊り自殺だ。

でも、この人、どうして首を吊ったりするのだろう。

確かに、添乗員としては、ツアーの目的地まで全員を連れてくることができなかった。

職責を果たせなかったことを重大なこととらえたのか。山荘に一人でいるうちに、真剣に悩み、将来を悲観して自殺したくなってしまったのか。

彼女はここへ来る途中で死んでいた別のツアーの添乗員を思い出した。

この人もすごく真面目な人だったのだろう。樹海の中を背広姿で、しかもネクタイを着用していた。都会を歩くように革靴まで履いてメンバーを引率してきたのだ。この男に対して、樹里は哀れみを覚えるとともに、畏怖《いふ》の念さえ感じていた。

添乗員は安らかに眠っているように見えた。今にも目を覚まして、「今日のツアーのスケジュールを発表します」と声をかけてきそうに思えた。

この男にそういうことはもう起こらないのだと思うと、可哀相だった。この人にも家族があり、愛する人がいただろうに。

彼女は添乗員の顔にもう一度光をあてた。

この世のすべての悩みから解き放たれて、安堵したような顔。それだけでも幸せだったのかしら。彼女は両手を合わせて死者の霊を弔《とむら》った。

突然、空気が動いた。

肌で感じたわけではない。彼女の視野の中で何かが動いたような気がしたのだ。何が動いたのか。間違い探しをやっているような感覚。五秒前の絵と現在の絵。

何かが違う。暗闇の中の何かが……。

ライトを添乗員の全身にあてる。違う。彼は死んでいるのだ。

彼女はライトを周囲にあてた。ここは玄関のホールのようだ。それまで、添乗員にしか注意が向いていなかったので、ホール全体を見るのはこれが初めてだった。

二階まで吹き抜けの広々としたホール。それに接して、左右に二つずつのドア。奥にもまた別の部屋があるようだが、いずれもドアは閉められていた。ホールの奥から二階へ上がる階段が踊り場を経てつづいているが、そこに人影はない。二階には手すりのついた通路があり、一階ホールを見下ろせるようになっていた。

ホールにいるのは、彼女と死んだ添乗員の二人だけだった。

では、何がおかしいのか。

少し前の映像と現在の映像。違いはなあに？

彼女は記憶の中で、両方のイメージを比べてみたが、まったくわからない。暗闇の中にいるのは二人の男女。樹海の中の山荘。内部はログハウス形式。吹き抜けのホール。いるのは二人だけ。ホールに面する部屋のドアは施錠されているようだ。

ライトを消して、またつけた。ホールの隅々まで調べた後、再び添乗員の顔に光をあてた。

その時、それが起こった。添乗員の瞼《まぶた》がぴくぴくと痙攣し、やがて目が開いたのだ。

その目が樹里の顔をとらえた。

彼女の喉から悲鳴が漏れ、思わずペンライトを落とした。ペンライトが硬い音を立てて床にぶつかり、ころころと添乗員のほうへ転がっていった。

拾おうとしても、彼女の足はその場に根を生やしたように麻痺していた。

添乗員の手が素早くペンライトを握り、その光を彼女の顔にあてた。そして、「ちぇっ」と吐き捨てるように言ったのだ。

「しくじったか」

添乗員は上半身を起こし、それから首筋を痛そうにさすりながら立ち上がった。

「早乙女さん、よくここまで辿り着けましたよね」

彼は冷静な声で言った。「真っ暗になってしまったので、誰も来られないと思っていました」

「じゃあ、ここにいるのは添乗員さんだけ?」

「そうです。私だけです」

「明美さんはどうしましたか。添乗員さんたちを追いかけていったんですけど」

「わかりません」

添乗員は首を傾げた。

「一体何があったんですか? 誰があなたにこんなことを?」

「ごらんの通り、失敗しました」

添乗員は首筋のみみず腫《ば》れに触れ、激痛のためか、顔をしかめた。

「失敗?」

「首吊りに失敗したんですよ。ロープが切れてしまったらしい。何をやっても、私は中途半端な人間だ」

彼は自嘲《じちょう》気味に言い、鼻でふっと笑った。

「でも、助かってよかったわ。わたし、必死でここまで辿り着いたんです」

「そうでしたか。それはまさに奇跡ですね」

「他の人はどうなりましたか? あの廃墟マニアの人は?」

「ああ、金田一さんですか。あの人も途中でいなくなりました。何しろ、真っ暗でしたから、目印も見えなくなっちゃって、みんな、途中でばらばらになりましたよ。ここまで連れてくるのが私の仕事だったのに、これじゃあ、添乗員失格ですよ」

「樹海の中を歩くこと自体、無謀だったんですよ」

樹里は最後は老医師と二人だけになり、医師が力尽きて息を引き取ったことを手短に話した。

「そうですか。それはお気の毒に。でも、あの方にとっては、それがよかったのかもしれませんよ。奥さんに先立たれて、生きる気力を失っていたようですからね。竹之内さまご夫妻は？」

「わかりません。途中ではぐれましたから」

「そうでしたか。矛盾する言い方かもしれないですけど、樹海の中では、夜になったら、むやみに動かないことが大事なんです。動けば動くほど深みにはまる。それこそ、樹海の思うつぼです。骨までしゃぶりつくされるというか、心まで食われます。怖くて、気が変になってしまう。私なんか、そんな死に方はいやですね。どうせ死ぬなら……」

　添乗員は言葉を切った。

「それでロープで首を吊ったんですか？」

「でも、誰かがぶつかってきて、ロープがはずれちゃった。ああ、あれはあなただったんですね。私は死神にも嫌われているようです」

「どうして自殺なんか？」

　樹里は訊いた。「全員を連れてこられなかったからですか？」

「最初からそうするつもりだったんですよ。会社から特別報酬をもらってるし……」

「あなたの言ってること、よくわかりません」

「わからなくって、いいんです。私の個人的な問題ですから」

「あなたの役目は何だったんですか？」

「そりゃ、簡単明瞭。ツアーのメンバーをここに連れてくることです。会社に雇われた添乗員としては、そうしなければならなかったのです」

「それができなかったから、悲観して自殺ですか?」

「それはちょっと違います。私は……」

添乗員は黙りこんだ。「私のことなんかはいい。それより、あなたはなぜこのろくでもないツアーに参加したんですか?」

「恋人に会うためです」

樹里はそれまで明美や老医師に打ち明けたことを添乗員にも簡単に話した。

「そんなことでこのツアーに? それは無謀です。本当にその人がここにいるのかわからないのに、よくこんなところまで来ましたよね」

添乗員は擦り傷が気になるのか、また首に手をやった。

「だって、彼の指示しか頼るものがなかったんです」

「そうまでして、ここへ来るほどのことだったんですか?」

「わたしたち、愛し合っていたから」

「でも、連絡はないんでしょ?」

「それはそうなんですけど」

「だったら、その彼は別のところで待っているのかもしれない」

「見当違いだったと?」

「常識的に言って、樹海の真ん中で大切な恋人を待っているなんて考えられないでしょ?」

添乗員の言うことは、しごくもっともだった。「僕があなたの恋人なら考えませんよ。途中で命を失うかもしれないのに」

「でも、留美夫はここにいるのかもしれない」

樹里としては、そう考えるしかなかった。絶望的状況の中、それだけが心のよりどころだった。ここが間違ったところだったら、彼女は……。背中の荷物が箱の中でごろっと動いた。

「いませんよ、ここには」

添乗員は非情な宣告をした。「この山荘は、ある意味で無人です」

彼の言う「ある意味」がどんな意味なのか気になった。

「わたし、留美夫にこのツアーに参加しろと言われたんです。だから、このツアーが行くところに彼が待っているはずなんです」

「ですから、それはありえないんですよ」

ペンライトの光が弱くなっていた。添乗員は微弱な明かりを頼りに玄関のほうへ向かい、スイッチに触れた。その途端、部屋の中は過剰なほどの明かりに満たされたのだ。

18

「ここには、電気は通じてるんですよ。もちろん、自家発電です」

添乗員は得意げに言った。「せっかくお客さまが来るのですから、そのくらいの設備はないといけません」

首の鬱血した赤い筋を除けば、彼は朝民宿を出た時と同じ感じだった。紺の背広にチェック柄の臙脂色のネクタイ。髪は乱れることもなく、七三にきちんと分けられていた。

彼は肩についた糸くずを指先でつまみ、床に落とした。

「この家にいるのは、あなたと私だけです」

添乗員はにやりとした。「それがどういう意味か、おわかりでしょうか？」

樹海の中の一軒家に男と女が一人ずつ。外界と隔絶された家の中で、前日まで顔も知らなかった若い男女。それが何を意味するか、樹里にはわかっている。

「私ね。死にそこなって、怖いものがなくなっちゃった」

「やめてください。人を呼びますよ」

「誰も来ませんよ。そんなこと、あなたが一番わかってるじゃないですか」

添乗員が彼女のほうへ一歩足を進めた。「死ぬ前に、私にもいい思いをさせてください。

これまで、ろくな人生じゃなかった」

彼女はどこかに逃げるところがないか、しきりに考えていた。さっき暗闇の中で調べた時、玄関のドアのノブは動かなかった。ホールに面するドアもロックされているようだった。ホールの奥に裏口でもあるだろうか。

「裏口は閉まってます」

彼女の心理状態を読んだように添乗員が言った。

樹海の外も地獄なら、山荘の中も地獄。障害を乗り越えると、次にまた障害が立ちはだかる。それを越えるとまた障害が……。ハードルは数をこなすごとに大きくなっていく。病原菌が抗生剤でだんだん強くなるように。

まるで障害物競走みたいだわ。最後まで進む前に脱落してしまうのを前提に作られた意地悪な障害物。

留美夫、どこにいるの？

いたら、返事をして。

「まあ、冗談です」

添乗員が甲高い笑い声をあげたが、その目は笑っていなかった。「目は笑っていない」という表現をよく耳にする。常々そんなことができるのかと思っていたが、実際に彼女は今それを目の当たりにしていた。添乗員の目は血走り、真剣そのもので、口元が引きつっていた。

「私はそんなに悪い人間ではありません。二人っきりだから、あなたをどうしようだなんて夢にも考えていませんよ。樹海の中は危険だということを認識してもらいたかっただけなんです」

冗談を言っているつもりなのだろうが、とてもそうは思えない。自殺しようとしたこと自体、この男が何か切羽詰まった状況にあることを意味している。自殺に失敗し、自暴自棄になっているのではないか。

樹里は彼を中心にコンパスで円を描くように、じりじりと移動していた。添乗員はそんな彼女から目を離さず、太陽を追うひまわりのように見つめている。彼女は階段を上がって二階へ逃れるしかないと思っていた。

「ほう、二階へ行きますか?」

彼女は階段の手すりに達すると、一段目に足をかけた。

「やめておいたほうがいいと思いますけどね」

「どうして?」

彼女の声は追いつめられた草食獣のように弱々しかった。彼の言うことに嘘はないように思えた。上へ行けば、さらに厄介なものが待っているような気がした。妻子を殺した作家の仕事部屋があったというし……。

一つの障害を乗り越えると、また新たな障害が大きな口を開けて彼女を待ち受けている。

「見ないほうがいいと思います」

そう言いながら、添乗員は彼女に近づいてきた。

「来ないで」

「我々はもうおしまいですよ。死ぬ前に何か楽しいことをしませんか？　冥土《めいど》のみやげにね」

彼はにやりとした。この男、おかしくなっている。山荘は人間の正気の部分を消化し、食べ滓《かす》とともに、狂気だけを残す。

「こっちに来ないでください」

樹里は階段をさらに一段、二段と上がっていき、踊り場に達した。ホールの下で彼が手すりに手をかけ、階段を上がろうとしていた。

彼はわたしを捕まえて何をしようとしているのか。殺すのではない。強姦しようとしているのだ。助けを求めても誰も来ない、人里から隔絶された山荘の中。彼にしてみれば、狩りを楽しみながら、わたしを捕らえようとしているのだ。

「上には行かないほうがいい。どこにも逃げられません。あきらめて、下に降りてきなさい」

彼が階段を上がってきたので、彼女は踊り場からさらに上を見た。ホールの明かりは二階まで及んでおらず、階段の上は薄闇に沈んでいた。そこには見えない何かが彼女を待ちかまえているような気がした。

彼女は下からの圧力を受けながら、一段ずつのぼっていった。

階段を上がりきり、二階の廊下に立った。そこにはひんやりとした空気が流れていた。どこか生臭いような、人の侵入を拒絶するような空気。

左右のどちらへ行こうか逡巡《しゅんじゅん》している時、彼女の肩に手がかかった。

はっとしてふり返ると、彼女の目の前に添乗員が立っていた。

「さあ、捕まえた」

「助けて!」

彼女は一番左手の部屋に向かって薄暗い廊下を走った。

「やめなさいっ」

背後から添乗員の声が追ってくる。「そこへ行くんじゃないっ」

19

二階には吹き抜けのホールに面したところに二部屋、さらに左右に続く廊下の奥にそれぞれ部屋がいくつかありそうだった。

行くなと叫んだ添乗員は追ってこなかった。なぜ強く止めたんだろうと疑問に思いながら、彼女はそれを解こうという気はなかった。それより、留美夫のほうが気がかりだった。この家のどこかにいることを信じたい。彼の居場所を突き止めて、救い出さなくてはならなかった。彼のために持ってきたものがある。これだけでは使えない。彼の持ってきたものと合わせて、初めて効果を発揮するのだ。

「留美夫、いたら返事をして」

重い静寂がもどってきた。背後をふり返ると、廊下に添乗員の姿はなかった。今、二階にいるのは彼女一人だけ。

「留美夫」

不安を打ち消すように、声を大きくした。留美夫の名前は闇の中に吸いこまれていき、応答はなかった。携帯電話を開いて、受信メールを確認する。四日前の最後のメールが空しかった。

彼女は「どこにいるの？　わたし、着いたわよ」と声をかけたが、むだだった。

左手奥の部屋の前まで達した時、ドアのわきにスイッチを見つけた。これは何なんだろうと思いながら、スイッチをオンにすると、廊下の明かりが灯った。それとともに、二階の様子がすべて彼女の前に明らかになったのだ。

今、彼女がいるのは一番奥の部屋、ドアに２０１の数字のついたプレートが貼られていた。かつて小説家のいた山荘は旅行者用に改装されており、壁に血痕のようなものは残されていなかった。部屋は２０２、２０３という具合に右手の奥までつづいているようだ。この中のどこかに留美夫がいる。彼女はそう信じた。そう思わなければ、救われないではないか。

２０１号室を前にして、彼女はここから確かめてみることにした。

２０１号室

ノブを握ろうとした時、樹里はドアが壊されていることに気づいた。鍵穴が斧のようなもので無理やり破られた形跡があった。

おそるおそるノブを引いてみると、ドアは外に開いてきた。部屋の中に明かりは灯っておらず、ひんやりとした暗闇がのぞき見えた。

人けはない。

彼女は部屋の中に入ると、ドアのそばの壁にスイッチを探りあて、明かりをつけた。一瞬にして、眩《まばゆ》い光のシャワーが彼女の体に降ってきた。窓際にシングルベッドが一台あり、その上に無造作に女物の赤いリュックサックが置いてあった。

たった今まで若い女がそこにいたような形跡があったが、女の姿はどこにも見あたらなかった。樹里は部屋の中を見まわし、ドアが開いているところを見つけた。どうやら浴室のようだ。

「すみません。どなたか、いらっしゃいますか?」

応答はなかった。お風呂に入っているということは、その人は裸の状態なのか。浴室をのぞくのはあまりにも失礼だとわかっていたが、彼女は浴室へ向かった。

「やめなさい」と内なる声が引き止めにかかっている。

「そこをのぞいたら、取り返しのつかないことになるのよ」

取り返しのつかないって?

この山荘に来ていること自体、もう取り返しのつかないことだと思わない?

樹里はすでにそこに何があるのか、何となく想像がついていた。それなのに、冷静でいられるのが不思議だった。この樹海の放つ毒気が彼女に悪影響を及ぼしているのだろう。

彼女は知っていた。そこに何があるのか、うすうすと。

凍りつくような寒さ。浴室なのに、こんなに寒いなんて。

彼女は思わず両手で両腕を抱えた。震えが止まらない。そこにあるものを予想して、体が痙攣するが、見ないわけにはいかなかった。

スイッチをつけると、古びたクリーム色の浴槽が見えた。シャワーカーテンが閉じられているが、一部開いており、八分目ほどまで入ったやや茶褐色を帯びた水が見えた。表面はいささかも揺らぐことなく、静まり返っている。

ゆっくり近づくと、二本の足が見えた。白くて細い魅力的な女の足。

長い旅を終えて、この山荘に辿り着き、ゆっくりと疲れを癒している旅の女。

疲れを癒す？　そんなはずはなかった。なぜなら、浴槽から湯気が全然立ちのぼっていないからだ。

女は水に浸かっている。晩秋のこの寒い山荘の冷えきった部屋で。

長湯？　そんなはずはない。

なぜなら、女は身動き一つしないからだ。

そこから、導き出される結論は、浴槽の女は死んでいるということ。簡単明瞭。「一足す一は二」みたいな平易な問題だ。

「嘘でしょ」と試みに言ってみたが、狭い浴室内で空虚に響いた。

一足す一は……。

突然、女の足が動いた。それとともに、浴槽の水面が激しく波立った。

彼女の喉からその夜、一番に鋭い悲鳴が迸《ほとばし》り出た。

生き返った女が襲いかかってくる。とっさにカーテンをつかんで防御しようとした時、浴槽の中の全容が明らかになった。

全裸の若い女が水の中に沈んでいた。長い髪が海中で揺らめく昆布《こんぶ》のようにゆらゆらと動いている。かっと見開いた目は、悔しそうに樹里のほうを見つめている。額に裂かれたような傷痕。その目に生気はなかった。

死んでから何日かたっているように見えた。

樹里が浴室に入った時のわずかな振動で、不安定な体が動いたのだろう。死後硬直したようにぴんと伸ばした手足。

樹里は悲鳴をあげたことで、かえって体の中の恐怖が外へはじけ飛んだ。恐怖の感覚が麻痺して、冷静に死んだ女を観察する余裕があった。そんな自分が恐ろしいと思いながら、彼女の目は浴槽の中に釘づけになった。

この女、事故死したのだろうか、それとも心臓に何らかの障害があって突然死したのだろうか。あるいは……。

殺された？　もちろん、そうだ。これが自然死に見えるか。額の傷痕が、女の死因を説明しているような気がした。

202号室

彼女はその部屋から放心状態で廊下に出た。

だが、放心状態でいたほうがよかったのかもしれない。まともな神経でいたら、孤立無援のこの樹海の中でとうに気が触れているはずだ。

放心状態であるというより、神経が鈍麻《どんま》していると言い換えてもいいだろう。もう何を見ても驚かない。

次の部屋は202号室だった。ドアをノックするが、もちろん、応答はなかった。この部屋も鍵が壊されている。ドアの一部が割られ、ノブに触れると、そのままドアは開いてきた。それとともに、腐ったようなにおいが樹里の鼻孔を刺激した。

腐ったようなにおい？

一足す一は二。201号室の中を探検した経験があれば、答えはおのずとわかる。明かりをつけると、部屋の中の惨状が明らかになった。

201号室と同じようにシングルベッドが部屋の奥、窓際に配置されている。窓はカーテンが閉じられていた。

そのベッドの上に、髪を茶色く染めた中年男が仰向けに横たわっている。数分前に寝入ったかのように、平和な寝顔をしていた。その口に耳を寄せれば、呼吸音が聞こえてきそうだった。

しかし、男がただ寝ているわけがなかった。その首筋を見れば、何が起こったのか一目瞭然だ。男の首は鋭い刃物で切られ、その血は、ベッドの周囲に飛び散っている。茶色い髪も血で染まったものだということがわかった。この男はもともと白髪だったのだ。

男の命を奪った刃物は、そのそばにはなかった。つまり、この男は自ら死んだとは考え

にくい。殺されたのだ。血は茶褐色に変色しており、死んでから一日か二日経過している
ように見えた。

それを傍観者として見ている樹里。

「何が起きても驚かないわ」

でも、留美夫は無事でいてほしい。彼は生きていると信じたかった。

留美夫の姿を求めて、彼女は部屋を出た。

20

２０３号室

廊下に出て、隣の２０３号室の前に立った。

浴槽に沈んだ若い女の死体、首を切られた中年男、そして……。もう何が出てきても驚
かないわ。

ドアは壊されていなかった。だが、そうなると、逆に警戒心は強くなる。殺人者が部屋
の中で彼女を待ち伏せているのではないだろうか。いや、それとも留美夫がここにいるの
かもしれない。

希望の灯が彼女の心の中に灯り、彼女は「心中、おだやかではない」と合言葉を口にし

た。

応答の代わりに沈黙が伝わってきた。ノブをまわすと抵抗なく動いた。

ドアをちょっとだけ開けて、中の気配を探った。ここも部屋の明かりは消されていたが、２０２号室で感じたような血のにおいはなかった。しかし、かすかに腐臭が空気の中に滲んでいる。

もう何が出てきても……。

ただ、それが留美夫の死体でなければいいのだ。

開きなおりが奇妙な自信を生んだ。自分は誰にも邪魔されず、傍観者のように物事を見ることができる特別の存在。神の視点ですべてを把握できるのだ。何が出てきても、わたしは驚かない。最初の驚きからレベルアップして、だんだん強くなっている。

ドアを思いきり引いた。スイッチを手探りで見つけて、一気に明かりをつけた。

だが、部屋には誰もいなかった。また浴室か。２０１号室の浴槽の女の死体がちらっと脳裏をかすめ、少し気が滅入った。そうは言っても、恐怖は感じない。

ベッドの下、鏡台の下、カーテンの陰……。彼女は誰もいないことを確認した。残るは浴室だけ。

浴室のドアを静かに開けて中の物音に耳をすましたが、人の気配はない。それどころか、使われたような形跡もない。シャワーカーテンは開け放たれ、浴槽の中に人が沈んでいることもなかった。

この部屋は空室なのだ。

浴室を出て、改めて部屋の中を確認する。ベッドの上にはクリーム色のシンプルなベッドカバーが掛けられていて、剝がされた跡もなかった。

でも、ここに誰かがいたのは間違いない。その証拠に鏡台のそばにショルダーバッグが置いてあるからだ。では、誰がここにいたのか。そして、その人はどこへ行ってしまったのか。

現時点では誰もいないことが明らかになったので、彼女はとりあえず次の部屋へ進むことにした。

部屋を出ようとして、ドアノブに手をかけた時、ふと背後でかすかな音がした。

えっ、嘘。あれだけ確かめたのに。

ふり返って、再び室内を見ると、一か所だけ違っているところがあった。

間違い探しの問題です。右と左の絵では一か所だけ違っているところがあります。さあ、どこでしょう？　そのクイズに答えられたら、あなたにプレゼントを差し上げます。では、考えてください。

カチッカチッと秒針が動く。

間違い探しゲームは、もういいわ。ホールでやったから、もう充分。

プレゼントなんかいらないよ。そう思いつつ、さっきまで彼女が見ていた室内と現在の様子を比較してみた。どこで物音がしたのだろう。隠れるところなんか、どこにもないのに。

窓の外。

カーテンの向こう側から誰かがこっちをのぞいている気がしたので、彼女は窓へ行って、カーテンを開け放った。

はーい、残念でした。さあ、どこでしょう。

窓の外には禍々《まがまが》しい森が広がっていた。

窓を開けてみると、外にはベランダもなく、壁が地面まで垂直に落ちている。外から侵入するのはロープを屋根に結びつけないかぎり不可能のようだった。樹海からの冷たい風が吹きこみ室内の温度が急激に下がったので、彼女は窓を閉めた。

おかしい。

がたっと物音がした。音のしたほうをすぐにふり返ると、そこには客用のキャビネットがあった。

その両開きの扉のうち、右のほうが少しだけ開いていた。

「ここが間違いです」

ぴんぽん。大当たりです。さあ、開けて中に何があるか確かめてみましょう。


いやよ。そんなこと。

だって、あなたはもう怖くないんでしょう？　恐怖を超越した存在なんでしょう？

樹里の中で悪趣味な諧謔《かいぎゃく》ゲームが繰り広げられている。キャビネットの中をのぞいてみようという誘惑と一刻も早く立ち去りたい気持ちが、彼女の胸の中で激しく戦っていた。

葛藤《かっとう》がしばらくつづいた後、彼女は次の部屋へ行くことにした。一刻も早く留美夫に会いたいのだ。こんな部屋で時間をつぶしていたくない。

本当は違う理由なのに。

違うの。ただ、面倒くさいだけ。

面倒くさい？　変な理由ね。怖いんでしょう？

弱気の虫をふり払い、ドアのほうへ向かった彼女の背後で、またがさっと音がした。ふり返ると、キャビネットのドアがさらに外へ開いてきていた。

もうだめだ。確かめてみざるをえない。

「いいかげんにしてよ。急いでるんだから」

苛立《いらだ》った声で言い放ち、キャビネットに駆けもどり、開きかけた扉を一気に引いた。その途端、人間が中から勢いよく飛び出してきた。

待ち伏せしていたのだ。狭いキャビネットの中で、体を縮めて獲物が来るのを待っていたのだ。

黒い背広を着た男が彼女の体にのしかかってきた。「ぎゃっ」と叫んで、彼女がその場に尻もちをついた瞬間、男の体が何かに引っ張られたように宙に浮いた。

男は自ら死を選んでいたのだ。

首に黒いネクタイを巻きつけたまま、白目を剝いて。


とんだプレゼントでしたね。

204号室

もう、いやだ。

樹里の感覚はアルコール漬けにされたように鈍麻《どんま》しているが、それでも、おぞましいものをこれ以上見るのは、勘弁してほしかった。

２０３号室の次は２０４号室。

ここも２０１号室と２０２号室のようにドアの鍵が壊されていた。

おそらく、部屋の内部で異変があり、それを外部の者が助けようと駆けつけたのだろう。内側から鍵が掛かっているので、それを斧のようなもので叩きつけて壊して中に入った。あるいは、まったく違った展開も考えられる。殺人者が鍵を壊して室内に入り、くつろいでいた人を殺したと。

樹里は２０４号室の前で逡巡した。入るべきか、入らざるべきか。

いや、その前に留美夫の所在を確認する必要がある。ドアの前で合言葉を口にした。

「心中、おだやかではない」

留美夫が答えてくれれば、こんなおぞましい冒険は終わるのに。

部屋の中から答えはなく、彼女は失望の吐息をついた。予想はついていても、うんざりだった。

ドアノブを引いて、これまでのように明かりをつけた。

この部屋が前の三つと違うのは、ベッドがセミダブルであることだった。ベッドの上に初老の男女が静かに横たわっていた。同じツアーにいた竹之内夫妻かと思ったが、よく見ると違っていた。痩《や》せた男と女。似た者夫婦。死ぬ時も一緒。

「起きなさい」と声をかければ、二人とも「はーい」と返事をしそうだったが、あえてそういうことはしなかった。

二人とも死んでいた。

女のほうは胸に傷を受けている。男の胸にはナイフが突き刺さっていた。

死因は一目瞭然だが、どうしてそういうことになったのか、彼女には突き止める気もなかった。二人は明らかに生を終えていた。眠ったような二人の表情は、この世に未練はないものに思えた。

ここでゆっくりしているわけにはいかない。わたしは探偵ではないのだから。

彼女は、二人の冥福を祈るために少しの間だけ瞑目《めいもく》した。そして、その部屋のドアを閉めた。

205号室

次の部屋は、ホールからの階段を上がって右手にあった。

ふと添乗員はどこにいるのだろうかと思った。おそらく、樹里が二階の各部屋を調べるのをどこかで監視しているのだろう。

彼女が参加していたツアーのメンバーは、これまで見た死体の中にはいなかった。似たような感じの人たちはいたが、明らかに違うメンバーなのだ。民宿の主人が何日か前に樹海に向かったツアーがあったと言っていたが、その連中ということも考えられる。

とにかく、最後まで確かめてみよう。

樹里は２０５号室の前に立った。ここは錠が壊されていない。丸いノブを持って開けようとしたが、内側から施錠されている。

もしかして……。

ノブをまわしてみたが、動かない。

「留美夫。ここにいるの？　いたら返事をして」

ドアを叩きながら声をかけた。「心中、おだやかではない」

しかし、応答はなかった。彼女はドアに耳をつけて中の様子を探った。

人の気配を感じたが、中の人物は返答する気はないらしい。いや、返答したくても、できないのか。

どうやったら、このドアを開けさせることができるのだろう。

そうだ、この家には斧のようなものがあるはずだ。他の部屋のドアを破った道具が必ずどこかにあるはずだった。

その時、彼女は鍵穴から中をのぞいてみようと思った。なぜそんなことを思いついたのか、自分自身にも説明できない。腰を屈め、のぞいてみると、鍵穴の向こうの室内は明るかった。

でも、待って。明かりがついたのは彼女がこの山荘に到着してからだ。ということは、その前はこの部屋だって、暗かったはず。彼女の到着後、誰かが明かりをつけたのだ。

窓際のベッドが見えた。その上に、若い女が横たわっていた。長い髪がベッドの上に放射状に広がり、右手がベッドの端から下にだらんと垂れている。

女がうたた寝をしているのだろうなんてことは、とても考えられなかった。まったく身動きしないことから、すでに死んでいるのは間違いなかった。

他の部屋でも、人が死んでいた。浴槽に沈んだ女、首を切られた男、キャビネットの中でネクタイを首に巻きつけて自殺していた男、刃物で胸を突かれて死んでいた老夫婦……。

この家で一体何が起こったのか。

留美夫もここに来て、同じように殺されてしまったのだろうか。

今まで見た五つの部屋から達した結論は、これらすべてがおそるべき連続殺人事件なのではないかということだった。２０３号室の男も偽装自殺の可能性がある。留美夫の死体にまだ遭遇していないのが、不幸中の幸いだった。

ううん、全然不幸中の幸いではないわよ。まだ留美夫の死体を発見していないだけなのだから。その悲しい瞬間をわたしはただ先延ばししているだけ。

二階にはもう一つ部屋があった。階段から向かって一番右奥、突き当たりの部屋だ。

薄明かりの中、その部屋のドアは暗く沈んでいた。

あそこへ行かなくてはならない。あそこへ……。

２０６号室

その時、彼女は不意に眩暈《めまい》に襲われた。

朝からほとんど休息していなかったし、食事も満足にとっていなかったこともあるだろう。彼女をかろうじて立たせているのは、留美夫への熱い思いだけだった。

立ちくらみがして、体がよろめき、思わず廊下の壁に手をついた。

そのままの状態で眩暈が去るのを待った。そして、ゆっくり目を開けると、廊下の空間が歪んでいた。

２０６号室のドアの前に白いものが二つ並んでいる。人だ。白いワンピースを着た五、六歳くらいの双子の女の子。民宿の主人がした話の影響だ。

頭を振って目を閉じ、また２０６号室を見ると、女の子たちの姿は消えていた。ただの幻影か。極度の疲労がそんな幻影を見させているのだ。

彼女は気を取り直して、２０６号室に向かって歩きだした。ドアの前に達し、錠を確認した。ここも壊れていない。彼女は腰を屈め、鍵穴を通して中をのぞいた。

暗くて何も見えなかった。ノブを握り、まわしてみたが、動かない。

彼女はドアを叩き、中の気配に耳をすませた。

呻き声が聞こえてきた。いや、そう思っただけかもしれない。

「留美夫」と彼女は声をかけた。

「そこにいるのね。わたし、樹里よ。今からそこに行くからね」

このドアを破らなくてはならなかった。

恐怖や不安はなくなっていた。ただひたすら留美夫に会いたい、彼を助けたいという思いが疲れきった彼女の体を動かしていた。

彼女はいったん一階へ下り、バールか斧のようなものを探すことにした。もどりかけた彼女の目に、不審なものが飛びこんできた。廊下の物陰に黒い棒のようなものがあったのだ。

斧だわ。

ずいぶん手まわしがいいこと。それが罠だとしても、彼女がやるべきことはドアの錠を壊し、部屋に入ることだった。

彼女は斧に触れた。柄《え》の部分が湿っていたが、彼女はかまわずそれを取り上げ、２０６号室の前に立った。斧を振り上げると、ずっしりと重かった。

えいっという掛け声とともに、斧をドアに向かってふり下ろした。

家のどこかで男の叫び声が聞こえた。一階のほうだ。添乗員の声に似ていた。

「グッドバイ。あの世で待ってるよ」

もしかして、あの添乗員がホールでまた自殺をはかったのか。


その時、思いがけないことが起こった。

「心中、おだやかではない」

２０６号室の中から合言葉が聞こえたのだ。

「心中、おだやかではない」彼女がとっさに呪文のように復唱すると、カチリと錠が解ける音がした。

えっ、どういうこと？

一〇〇字書評

黒い森　生存者

切・り・取・り・線

購買動機（新聞、雑誌名を記入するか、あるいは○をつけてください）	
□（　　　　　　　）の広告を見て	
□（　　　　　　　）の書評を見て	
□ 知人のすすめで	□ タイトルに惹かれて
□ カバーが良かったから	□ 内容が面白そうだから
□ 好きな作家だから	□ 好きな分野の本だから

・最近、最も感銘を受けた作品名をお書き下さい

・あなたのお好きな作家名をお書き下さい

・その他、ご要望がありましたらお書き下さい

住所	〒				
氏名		職業		年齢	
Eメール	※携帯には配信できません	新刊情報等のメール配信を 希望する・しない			

この本の感想を、編集部までお寄せいただけたらありがたく存じます。今後の企画の参考にさせていただきます。Eメールでも結構です。

いただいた「一〇〇字書評」は、新聞・雑誌等に紹介させていただくことがあります。その場合はお礼として特製図書カードを差し上げます。

前ページの原稿用紙に書評をお書きの上、切り取り、左記までお送り下さい。宛先の住所は不要です。

なお、ご記入いただいたお名前、ご住所等は、書評紹介の事前了解、謝礼のお届けのためだけに利用し、そのほかの目的のために利用することはありません。

〒一〇一‐八七〇一
祥伝社文庫編集長 加藤 淳
電話 〇三（三二六五）二〇八〇
bunko@shodensha.co.jp

祥伝社ホームページの「ブックレビュー」からも、書き込めます。
http://www.shodensha.co.jp/bookreview/

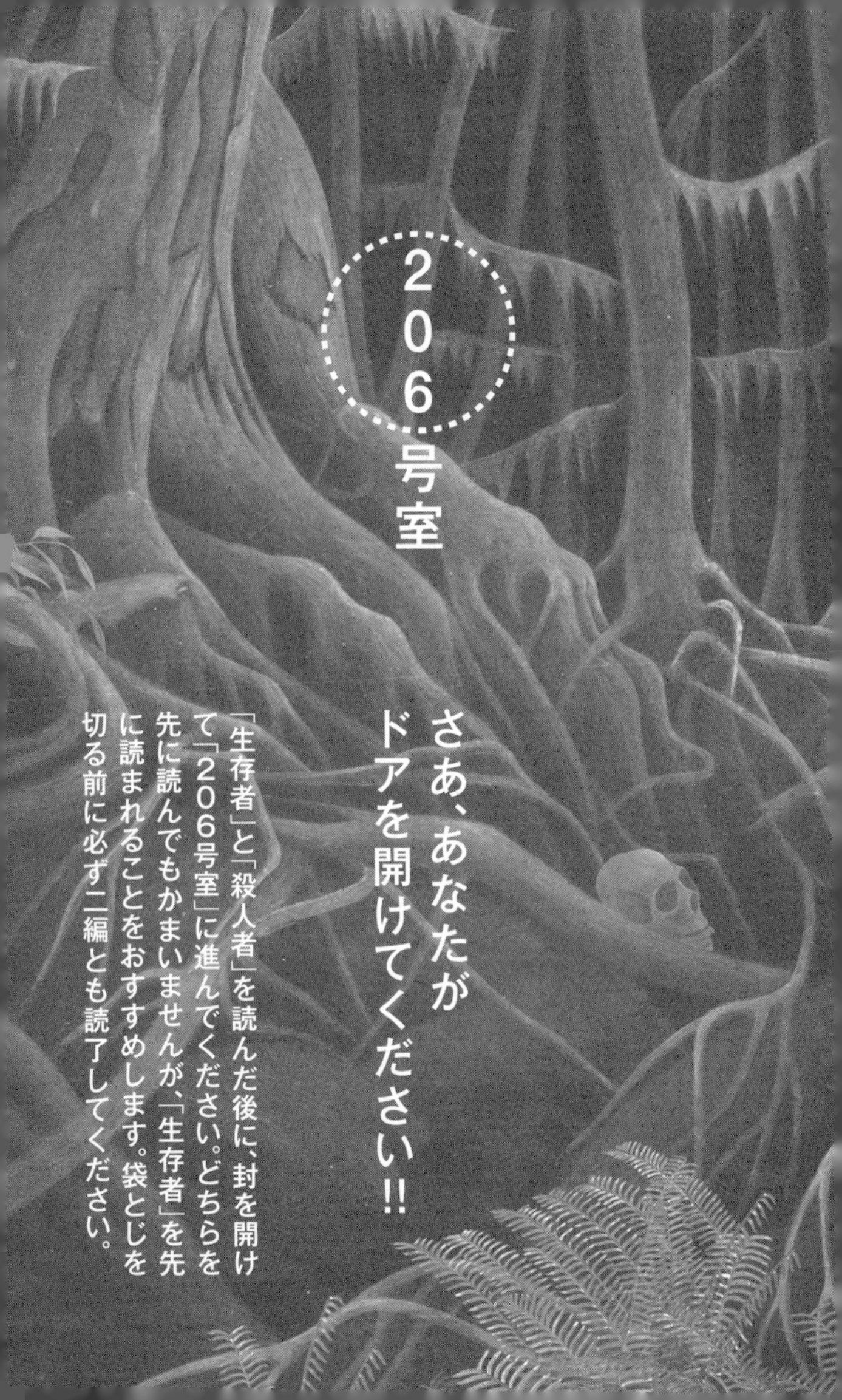
206号室
さあ、あなたがドアを開けてください!!
「生存者」と「殺人者」を読んだ後に、封を開けて「206号室」に進んでください。どちらを先に読んでもかまいませんが、「生存者」を先に読まれることをおすすめします。袋とじを切る前に必ず二編とも読了してください。

206号室

1

「心中、おだやかではない」

それは、まさに早乙女樹里の気持ちだった。

ドアの向こう側からその言葉が聞こえてきた時、彼女も「心中、おだやかではない」と応じた。あのホテルで愛し合い、引き裂かれた時、二人は「心中、おだやかではない」を合言葉に決めていたのだ。

その言葉を口にすると、どんなに遠くに離れていても、愛を確認することができるような気がした。どんなに苦しい時であっても、力が湧いてくる。樹海の中で挫《くじ》けそうになった時、彼女は何度かその言葉をつぶやいた。

　錠が解ける音がし、ドアが開いた。本当に鍵がはずれるとは思ってもいなかったので、彼女は咄嗟《とっさ》にどのように対応したらいいのかわからなかった。

　暗い部屋の中から白い手がぬっと現れ、怯《おび》える彼女の手を引っ張って、中に引きずりこんだ。そして、彼女は愛する人の懐かしい香りに全身を包まれたのだ。

「留美夫?」

「樹里?」

「うわっ、嘘でしょ?　信じられない」

「ほんとだ。樹里だ」

　部屋の中は真っ暗だった。それでも、二人には充分だった。相手の感触、ぬくもり、体臭は誰か別の人間が作ろうと思ってできるものではない。

「やっぱり待っていてくれたのね?」

「君を信じてよかったよ」

「留美夫がわたしを待っているというから、信じて樹海の中まで来たのよ。みんなには騙されているって、さんざん言われたんだけど」

「僕も同じさ。君を信じてこんなところまで来たんだ」

　彼に強く抱擁されて、樹里は天にも昇る心地だった。

「ちょっと待って。今、明かりをつけるから」

彼が壁のスイッチを探る気配がした。それから、明かりがついて、部屋の様子が明らかになった。間違いなく、彼女を抱いている相手は滝川留美夫だった。二人は何ヵ月ぶりかの邂逅《かいこう》に感動し、また固く抱き合った。

「夢じゃないのよね」

「ああ、夢じゃない」

「ほっぺたをつねってみて」

樹里にとって、古典的な夢の確認方法を実際にやってみるのは初めてだった。留美夫は彼女に言われるまま、彼女の頬を親指と人差し指でつねった。

「痛い。そんなに強くやらなくてもいいじゃない」

樹里は留美夫の胸を両手で叩いた。「でも、夢じゃないんだね」

それから、二人はベッドの端に腰を下ろした。彼女は樹海の中で遭った危難を早く話したかったが、それよりも前に彼のことを知りたかった。彼のほうがここに早く到達しているのだから。彼がいつからここにいるのか、二階の各部屋で死んでいる人たちはなぜああいう目に遭ったのか。

「ねえ、いつからここにいるの？」

「三日前さ」

「一体、何があったの？」

樹里に問われて、留美夫はそれまで起こったことを語りだした。彼が彼女からメールをもらってミステリー・ツアーに参加したこと。樹海の中に入り、山荘へ辿り着くまでの苦難。そんなことを話しているうちに、恐怖の体験を生々しく思い出したのか、顔つきがだんだん険しくなっていった。それは聞いている彼女も同じだった。

「でも、山荘に九人が辿り着いたのね？　わたしのほうは樹海の中でみんなばらばらになって、最後は一人になっちゃったの」

「そうか」

留美夫はいったん口をつぐみ、大きな溜息をついた。「僕たちのツアーは脱落者が二人ですんだけど、この山荘に着いてから次々に人が死んでいったのさ。自殺した人もいるけど、ほとんどが殺されたんだ」

留美夫の語るストーリーは衝撃的だった。添乗員の首吊り自殺から始まって、203号室を除くすべての客が殺されたか自殺したというのだ。それらの死体は、たった今、樹里自身が各部屋の中で目にしたことだった。

「僕は殺人鬼に追われて、この部屋に逃げこんだ」

「殺人鬼はまだここにいるのね？」

「そいつは203号室の男さ。喪服を着て人を殺しまわってるんだ」

「黒い背広の人？　その人なら、キャビネットの中でネクタイで首を吊って自殺してたわよ」

「何だって……。ということは？」

「わたしが死体を確認していないのは……」

二人は顔を見合わせた。「205号室の女の人」

「姫野という女か。僕も彼女の死体を直接確認したわけじゃない」

「その女の人が犯人ね」

「そういうことになるね。この三日、僕は殺人者に脅されて、この部屋から一歩も出ていない。前の自殺者が置いていったスナック類で何とか命をつないできたんだ」

留美夫は、茶色いリュックサックの中に入っているポテトチップスやビスケットなどの袋を見せた。「そもそも、このツアー自体がとんでもないものだったんだよ」

彼は、富岡裕介という男に聞いた話を樹里に話した。

「ええっ、集団自殺？」

樹里は絶句した。

「もっと早く気づいてもおかしくなかった。僕は鈍感すぎたんだ」

留美夫は自分の側頭部を右の拳で叩いた。「だいたい、目的地に着いてすぐ添乗員が自殺するなんて、信じられないだろう？」

「わたしがこの山荘に来た時も、添乗員が首吊り自殺しようとしてたわ」

「つまり、二人とも自殺するつもりだったのさ。そもそもミステリー・ツアーというのが、自殺志願者を募集して作られた集団自殺ツアーってことなんだ。添乗員は自殺者の集団を山荘に送り届けた後、自殺するつもりだった」

「その見返りは？」

「たぶん報酬だよ。本人にあらかじめボーナスとしてわたされたなんてことも考えられる」

留美夫は「あくまでも想像の範囲内だ」と前置きした上で言った。「普通、ミステリー・ツアーで、最終目的地が樹海だと知ったら、ほとんどの人は参加をやめるかごねたりするだろう。でも、僕たちが参加したツアーの連中は、みんな、いやとは言わず樹海に入った。おかしいと思わなかった？」

「ええ、確かに。みんな、どうしてつらい思いまでして樹海を歩くのかなと不思議に思ったわ。普通だったら、怖くてやめるでしょ？　全員自殺志願者だから、死ぬことが怖くなかったのね。わたしは留美夫に会えると思ったから、ついていくしかなかったけど」

「つまり、一人では死ぬ勇気がない人ばかりだったんだ。集団なら、自殺しやすいし、みんなでやるなら怖くないなんて心理が働いたんだろう。みんな、山荘を自殺の場にしようとしていたんだと思う。でも、その前に樹海で脱落したりして、山荘に全員はそろわなかった」

「そうよ。わたしも最後は一人だけになってしまったの。とても心細かった。ここに来られたこと自体、奇跡だったと思う」

「会えてよかったよ」

樹里は愛する人にまた抱きついた。

「わたしもそう思う」

「おっと、君のその荷物だけど……」

留美夫は樹里が背負っているリュックサックに触れた。

「あなたのその荷物は？」

樹里はベッドの足元に置いてある大きなリュックサックを見た。

「もちろん、あれさ。僕たちの愛の証だよ」

「覚えていてくれたのね。嬉しい」

「君がツアーの連絡をしてくれた時、すぐに買ってきたんだ」

樹里は首を左右に振った。

「ねえ、ちょっと待って。何か誤解があるようね」

「何が？」

「わたし、あなたにメールを送ってないんだけど」

「えっ、どういう意味?」

二人はようやく自分たちを取り巻く不可解な状況に気づいた。

二人とも相手から送られてきたメールの指示でツアーに参加し、この樹海までやって来た。だが……。

「僕も君にメールなんか送ってないよ」

「じゃあ、誰が送ってきたの?」

樹里は不安そうに部屋の中を見まわした。「あなたをこの部屋に追いこんだ殺し屋?」

「そういうことになるね」

「何の目的で? わたしたちを殺すために?」

「たぶん」

「でも、どうしてすぐあなたを殺さなかったの?」

「君が来るのを辛抱強く待っていたのさ。二人まとめて殺したいんだろう」

「じゃあ、わたしたち、罠に掛かったの?」

「ネズミ取りみたいにね」

「でも、もう関係ないわね。わたしたち、そろったんだもの」

二人はまた固く抱き合った。

「じゃあ、あいつが来る前に手っ取り早く始めようか」

「わかったわ」

二人は持ち寄った荷物をそれぞれのリュックサックから取り出した。

さあ、早く。

…………

2

殺人者はこの時を待っていた。滝川留美夫と早乙女樹里がこの山荘に来ることを。

だが、本心をいえば、二人がそろうとは思っていなかった。樹海の中で二人が脱落する可能性のほうが高いと考えていたのだ。

それが……。

殺人者の望む最高の舞台が用意されたのだ。

２０６号室の前に立った殺人者は、部屋の中で二人がいちゃついている気配を感じた。

ネットの掲示板で「集団自殺ツアー」なんてものがあるのを知り、あいつらを巻きこむことを思いついた。二人を同時に誘うと、計画がばれてしまうので、別々のツアーに誘ったのだ。あいつらがラブホテルで心中未遂事件を起こした時、殺人者は二人に殺意を抱いた。ただ殺すのではおもしろくない。どこにも逃げられない本当の密室に追いこんで、あいつらが死ぬのはいやだと思うくらいにいたぶってやろうと思ったのだ。

この山荘で死ねば、謎は謎のままで終わる。自殺死体に他殺死体がまざっていても、わかるまい。死体が発見される前に死体は腐ってしまう。あのツアー会社が次々に自殺志願者を送りこんでも、死にたい奴らは、勝手に死ぬだろう。そのうちに死体の山がどんどんできて、何が何だかわからなくなる。「死体は死体の中に隠せ」だ。たとえ、警察が乗りこんできても、どれが真の殺人なのか突き止めることはむずかしいだろう。

ただ、殺人者自身は死にたくなかった。最初、添乗員を脅しつけて樹海の外へ脱出するつもりでいた。それが、まさか添乗員自身が首を吊るとは。

食料はまだある。次に来るツアーの添乗員を自殺する前に捕まえ、何とかこの樹海から脱出するようにしよう。

その前に、あいつらをまとめて始末する。留美夫と樹里。

斧はこっちの手にある。これでドアを破り、あいつらを片づける。二人が「死にたくない」と土下座しても、そんなことは知ったことか。

姫野さゆみはドアを叩いた。

さあ、ゆっくり時間をかけて料理しよう。

3

その部屋は、外部から完全に遮断されていた。

廊下側のドアは施錠され、チェーンが掛けられている。窓は内側から差しこみ錠が掛けられ、さらに錠自体にロックが掛かり、いわゆるダブルロックになっていた。

他に浴室の換気扇があるが、人が出入りできるほどの隙間はなかった。浴室から天井へ抜ける通気孔は、電気の配線業者でもないかぎり、入ってくることは不可能だ。実際、配線業者は天井にいなかった。

ベッドに横たわる二人の男女。

愛し合っている二人は、この部屋で最後の愛を確かめた後、静かに眠ったはずだった。

密室殺人――。

意識を失う直前の留美夫と樹里の頭の中に、そんな文字が何の前触れもなく浮かび上がった。しかし、誰が見ても、これは心中事件だ。すべての状況が、外部の人間のしわざではなく、部屋の中の二人の同意のもと、二人がこの世から去ったことを示しているはずだ。

推理小説に淫した物好きな刑事でもないかぎり、これはただの心中事件として処理されるにちがいない。それでおしまい。ジ・エンド。

無性に愉快になり、二人は笑おうとしたが、顔の筋肉が動かない。全身の力がすでに抜けているのだ。死へ向かってまっしぐら。


…………


誰かがドアを叩いている。

「開けなさい。ここを開けるんだ」

ドアの外で誰かが怒鳴っている。「開けないと、ドアを破るわよ」

どうして、あんなに高いテンションで叫ぶことができるのだろう。声には、怒りと焦りがぎっしり詰めこまれていた。


…………


何の脈絡もなく、窓に施錠、密室殺人という言葉が浮かんだ。

現実の世界で我々を殺したのは誰?

今、その密室の中で二人は意識を取りもどそうとしている。死んではいない。

不意に腹の底から笑いのエネルギーが込みあげてきて、彼らは脳の命ずるままに笑った。

その時、二人は床の上に斧を持った女が倒れているのを見た。明らかに死んでいる。こいつが殺人者か。殺人鬼がついに死んだのだ。

一酸化炭素中毒。留美夫が持ってきた二つの七輪、樹里が持ってきた二個の練炭《れんたん》。斧。

我々はまた心中に失敗したのだ。

彼らの心中は、おだやかではなかった。


…………

4――（湖畔）

「結局、ツアーに参加した全員が自殺したか殺されたんだね？」

民宿の主人は腕組みをしながら天を仰いだ。

「そういうことです」

「ある意味、恐ろしい事件だったね」

「ある意味どころか、相当恐ろしいですよ。自殺したい人間をネットで募《つの》り、それを団体ツアーに仕立て上げたわけですからね」

客は興奮気味に言った。「添乗員まで自殺志願者というのがミソです。主催者としては、山荘に行くまでに脱落者が出てもかまわない。山荘に運よく着いても食事はない。餓死しようが、おかまいなしです。主催者は四万九千八百円をもらい、民宿代とバス代を払うだけなので、ほとんどもうけになります。ビジネスとして、うまいところに目をつけました」

「実を言うと、今夜もその連中がうちに泊まるんだ」

主人は複雑な表情で自慢の顎ひげを撫でた。

「ご主人はツアー会社の正体を知ってましたか?」

「いや、最初は気づかなかった」

「だんだんわかってきた?」

客は主人の顔を探るように見た。

「ああ、うすうすと感じてきたね。何か変だなと思ったんだ」

「ご主人、もうやめにしませんか、こういうことに加担するのを。犯罪といってもいいくらいだし……」

「いや、私は悪いことはしていない。ツアーのからくりを知ったのは最近だけど、それでも宿泊を拒否するつもりはないね。彼らはオフシーズンの大事なお客さんだし、泊まってもらうからには精一杯のサービスをするつもりだ」

「そうですか」

「それに、あの山荘に電気を引いたのは私だし、お湯を使えるようにしたのも私だ。最後の時をあそこですごせれば、自殺志願者は幸せなんじゃないかな」

民宿の主人はわるびれることなく言った。「でも、あと始末がたいへんだな。それだけ死体がごろごろ転がっていたら、いずれ警察沙汰になる」

「いつまでも黙ってるわけにはいきませんよね？」

「うーん、そうだな」

主人は困惑気味に考えこんだが、ややあってから意識的に話題を変えた。「ところで、あんたはどうしてあのツアーに参加したんだい？　自殺志願者には見えないが」

「取材ですよ。ある筋から集団自殺ツアーの情報を仕入れたので、どんなものか調べてみたかったし、自分で参加して真相を暴いてみたかった。一種の告発ルポをやろうと思ったんです。でも、危うく死にかけましたよ。やっと着いた山荘で殺し屋に襲われましたからね」

「その殺し屋っていうのは？」

「滝川留美夫のストーカーで姫野さゆみという女です。その女は二人が愛し合うのが許せなくて、彼らを別々にツアーに誘いこんだんです。山荘で二人を殺す前に、腕試し的に無関係の人たちを殺したんですね。僕だって、ぼうっとしてたら、やられてたでしょうから。そんなことになる前に山荘から脱出しました。でも、その後がまたたいへんで、樹海の中をずいぶん彷徨《さまよ》いました。そんな時に偶然、留美夫の恋人に会ったんです。彼女は次のツアーに参加したんですね。呼び止めたんだけど、警戒されて逃げられてしまいましたよ」

客は樹里を追っていったら、山荘にもどってしまい、ホールで次のツアーの添乗員の首吊り死体を見つけて泡を食った。それから、殺人鬼に出くわすのを警戒して家の外で待ち、夜が明けてから山荘に入り、２０６号室の「変事」を発見したという。

「ところで、女殺し屋は死んだのか？」

「死にました。二人が作った一酸化炭素を吸ってね。錠は派手に破られていたけど、ドア自体は薄めに開いていましたから、下のほうにガスが溜まっていたようです」

「ロミオとジュリエットは？」

「留美夫と樹里は、二人ともいなくなっていました。たぶん、僕とすれちがうように樹海に逃れたんだと思われます」

「すると、あの一連のミステリー・ツアーで最後まで残ったのは君たち三人だけか？」

「えっ、留美夫たちも助かりましたか？」

客は驚いたように聞き返した。

「いや、違う。もう一組のカップルが瀕死の状態で発見されたんだ」

「もう一組のカップル？」

「あんたが参加してたのとは違うツアーだ。廃墟マニアの男と明美という女でね。二人とも自殺志願者だったが、樹海はもうこりごりだと言ってたよ」

「ああ、そうだったんですか」

富岡裕介は、炉端でちょうどいい具合に焼けたヤマメの塩焼きを取り、うまそうにかじった。「いやあ、生きてるって素晴らしいなあ」

富岡は２０６号室の鍵穴をのぞいて、わざと目を襲われたふりをした。山荘を脱出したのは、ちょっとアンフェアだったかもしれないが、そうでもしなかったら、自分も殺されていただろう。

滝川留美夫を騙して置き去りにしたことは悪かったと思っている。

でも、山荘でめぐり合った二人の男女は今頃、樹海の中で安らかに……。

いいじゃないか、それも。彼らが望んでいたことなんだから。

合掌。

エピローグ

二人の男女は樹海の外を目指して歩いていた。

今度こそ心中しようとしたのに、またも失敗した。二人は死神にとことん見放されているようだ。

二台の七輪で練炭を燃やし、そのガスを密閉した部屋に溜めて、ベッドの上で自殺しようとしたのだ。だが、死んだのは皮肉なことに女の殺し屋、姫野さゆみだった。205号室のベッドの上で自殺したふりをしていた女だ。ドアを斧で破った殺し屋は、部屋に充満したガスを吸って倒れた。

女が死んで、二人が生き残ったのには理由がある。女はガスが沈む床に倒れこんで、そのまま絶命したのに対し、ベッドにいた二人は床より高いところにいたぶん、ガスが薄く、死ぬまでには至らなかったのだ。そのうちに女が破ったドアの隙間から外の空気が徐々に入り、二人は完全に目覚めた。

山荘を出てから、もう三日以上、樹海の中を歩いている。とうに空腹感はなくなっていた。このまま樹海で死ぬのもありかなと思いかけていた頃――。

たぶん、四日目の午前十時すぎだと思う。木の根方で疲れきった二人が肩を寄せ合っていると、思いがけないことが起こった。人の話し声が聞こえてきたのだ。

「みなさん。もう少し行ったところで休憩をとります」

物陰からそっと窺うと、黒い背広を着た三十歳前後の男が旗を持って歩いていた。そのあとを十人くらいの男女が無言のままついていく。まるで死の行進のようだ。

何日か前に二人が経験したことをあの連中もやっているのだ。しかし、途中で目印がとられてしまっているところがあるので、無事に山荘に辿り着けるかどうか。

二人はミステリー・ツアーの連中をやりすごした後、グループが向かったルートと逆方向に歩きだした。グループがやってきたほうに樹海の出口があると判断したからだ。

そして二時間後、二人は湖畔に出た。ともかく、生きてここを脱出できてよかった。

樹海はこりごりだ。ここは死ぬにはふさわしくないところだと思った。

彼らの心中は、その時の湖のようにおだやかだった。
ともあれ、今のところは——。

解説――稀作！　折原一氏『黒い森』

作家　佐《さ》野《の》洋《よう》

「稀作《きさく》」という言葉が頭に浮かび、私は指を鳴らした。折原一さんの『黒い森』を読み終わったときのことである。

小説を褒《ほ》める言葉としては、「傑作」「力作」「秀作」などがある。そして、これらはどれも『黒い森』にあてはまるものではあるが、それだけでは物足りない、もっとこの作品にぴったりの表現があるのではないか。私は、そんなことを考えながら読んでいた。途中、「奇作」「快作」なども脳裡をかすめたし、さらに珍しい作品という意味で、「珍作」なども考えたが、これらは誤解を招きかねない。

そうした経過の末に、思いついたのが、「稀作」であった。

念のために辞書を引いてみる。

まれ〈稀・希〉実現・存在することが非常に少ないさま。また数が少なくて珍しいさま。

私は満足した。そう、この「稀」ということこそ、『黒い森』の最大の特徴なのだ。少なくとも私は、『黒い森』と同じような試みをした作品を知らないし、恐らく、今後もこんな試みに挑戦する作家はいないだろう。その意味で、これは文字通りの「稀作」である。以下、この作品が「類稀《たぐいまれ》」である点を実証してみる。

この本を手に取って、最初に奇異に思ったのは、背表紙であった。『黒い森』というタイトルと著者名の下に、それを倒立させた形で同じ文字が刷られていた。

それで、これは装丁者の趣味なのだろう、と余り深く考えずに、帯に目を通すと、それの最後に「表からも裏からも読める本」という一行があった。

それに興味を持ち、取り敢えず扉を開くと、目次の前のページに、奥付がある。

ああ、こちらは裏の方なのかと思って、本を引っくり返し、逆の側を開いてみた。すると、そちら側にも最初のページに奥付が刷られていた。

なるほど、「表からも裏からも読める」のだから、奥付も二つ必要なのか。私は、そんな納得をして、プロローグを読んでみた。

その部屋は、外部から完全に遮断されていた。

それが書き出しで、そのページ（五ページ）の末尾は、「処理されるにちがいない」と

なっている。(註・文庫版では八ページにある)
私は、ふと考えついて、本の裏(というより、もう一方の側)の最初の文章を調べてみた。ところが、そちらにもプロローグがあって、書き出しは、別の側と全く同じ、「その部屋は、外部から完全に遮断されていた」であり、そのページ(ページのナンバーは、やはり五)の末尾は、「処理されるにちがいない」になっている。(註・こちらも文庫版では八ページにあるが場所は同一)
私の好奇心は、ますます刺激された。この小説は、本の両側から読み進むと、ちょうど真中あたりで、ストーリーが完結するという形になっているのか。
そう考えて、本の真中あたりに注目すると、「解決編　206号室」と書かれ、袋綴じになっている部分があって、次のように書かれている。

「生存者」と「殺人者」を読んだ後に、封を開けて「解決編　206号室」に進んでください。どちらを先に読んでもかまいませんが、「生存者」を先に読まれることをおすすめします。袋とじを切る前に必ず二編とも読了してください。

しかもこの解決編にも、表紙というより扉のようなものがあって、その両方に、前記の断り書きがついている。

私は、ちょっと迷った後、ここに書かれたのとは逆の方法を取った。つまり「殺人者」から読み始めたのだ。作者の「おすすめ」に素直に従ったのでは、その術中にはまってしまうのではないかと気を回し、逆を突いてみる気になったのであった。

私は、頭の中に、一つの殺人事件を描いていた。ある人物が、だれかを殺すつもりで、いろいろ計画を練り、実行に着手する。つまり、そのあたりは倒叙ミステリーの形をとる。そして、殺人に成功したところで、ストーリーの半分は終わる。

その事件で殺される側からのストーリーが「生存者」編なのではないか。つまり、「殺人者」編の主人公は、殺人に成功したと信じていたのに、実は「生存」していた。

こういうストーリーなら、「殺人者」編から読んだ方が、作者の手のうちがわかるから、実作家としては、むしろ面白いのではないか。

私は、そう考えたのだが、実際に読み終わったときは、やはり作者の「おすすめ」に従った方が、より面白く小説を楽しめただろうという感想を持った。

これから読む読者は、作者の言葉に素直に従うよう、私からもおすすめする。

ついでに、この小説を読むに当たっては、手元にノートかメモ用紙を準備しておくことを助言したい。

この小説には、「生存者」編、「殺人者」編にそれぞれミステリーツアーの一行が登場する。言わば彼らが主人公なのだが、一組のツアーの参加者が約十人で、それに添乗員が加わるから、主要人物は二十人以上になる。

従って、作中に人物の名前が出てきたら、直ちにそれをメモにとり、できれば、特徴なども書いておかないと、あとで、その人物の名前が出てきたときに、すでに読んだページを繰り直す必要が出てくる。その煩瑣《はんさ》さを避けるためにも、ノートを傍《そば》に置きながら読む方がいい。

この小説の構造について、もう一つ特異な点を挙げておこう。

『黒い森』が、「生存者」編と「殺人者」編、さらに袋綴じの「解決編」から成り立っていることは、すでに紹介したが、「生存者」編と「殺人者」編がほとんど同じ分量なのである。

具体的に示すと、「生存者」編が、五ページから一三二ページまでの、計一二八ページであるのに対し、「殺人者」編は同じく五ページから一三一ページまでの、正味一二七ページと、わずか一ページ（実質は半ページ）違うだけなのである。（註・文庫版では三ページ）

このような「奇妙な一致」が、偶然に生じたとは考えられない。作者が意識的に試みたことに違いない。

世界中のミステリー作家で、こんな試みに挑戦した人は、これまでにいなかったのではないか。

これなども、本書を「稀作」と呼んだ理由の一つである。

「稀」な点は、まだある。詳しく書くのはエチケット違反なので遠慮するが、一つの作品、しかも、決してページ数が多いとは言えない小説の中で、これだけ多数の登場人物が死ぬ小説も、稀だと言えよう。

しかし、それらの死や殺人は、作者がストーリー運びの必要から、無理に作り出したものではなく、それに関する伏線は、前以て念入りに張られている。だから、読み終わったときに、読者の多くは納得するに違いない。

ちょっとだけ、小説の内部に立入ってみよう。本の帯に書かれていることだから、紹介しても差し支えないだろう。

引き裂かれた恋人からの誘い。女は樹海の奥、惨劇の舞台へと——

これが「生存者」編につけられた帯の文章である。そして、「殺人者」編ではこの「女」が「男」に変っているが、あとは同文である。

この帯が示している「女」は、早乙女樹里《さおとめじゆり》と言い、「生存者」編のいわば中心人物である。

彼女が、最初に登場した場面は……。

早乙女樹里は布団の中で煩悶《はんもん》していた。心中、おだやかではなかった。彼は本当に待っているのだろうか。
「ツアーの目的地で待っている。そこで待ち合わせよう。留美夫《るみお》」
この「留美夫」というのが、「殺人者」編の中心人物で、小説には次のような形で登場する。

滝川《たきがわ》留美夫に不安がないと言えば嘘になる。
愛する樹里から、「ミステリー・ツアーの目的地で待っています」とメールが届いた。両親に携帯電話を没収され、新しいものを買ったのだという。（中略）
新しい番号を教えてくれるよう、彼女に折り返しメールを送ると、集合場所と時間を指定した事務的な内容のメールが届いたのだ。代金は支払い済みだという。妙だと思ったが、彼には他に選択肢がなかった。
彼女と今度会う時は間違いのないように、ある品物を持ち寄ると約束を交わしていた。

一方、「生存者」編の樹里も、荷物を持っていた。それが示される最初の場面——

彼女は指定された場所に、重いボストンバッグを持って十五分前に来てみたが、バスはまだ着いていなかったし……

先に書いたように、私自身は「殺人者」編の方から読み出したので、「生存者」編に移り、このボストンバッグが出てきたとき、その中に留美夫と約束した物が入っているのだな、と見当をつけた。

そして、以後、その品物が何であるかを考えながら、小説を読み進んだ。

そのヒントは、「二つ合わせて初めて完成するもの」で、リュックサックに詰められるくらいのもの。

「生存者」編には、こんな描写もあった。

例の若くてきれいな女は、今日は青いパンツに赤のウィンドブレーカーを着ていたが、手には重そうなボストンバッグを持っていた。あれでは、最初に脱落するだろう。主人は見るに見かねて、昔の客が忘れていった古いリュックサックをやった。

彼女は「助かります」と言って、バッグの中身をリュックサックに詰め替えた。白い布に包まれた丸い大きなものを二個、大事そうにしているが、一体何なんだろう。スイカ？　いや、スイカはこの時期にはないはずだ。

さらに、次のようにも書かれている。

樹里は遅れないようについていくのが精一杯だった。背中の荷物は、やはり肩に重くのしかかる。


スイカぐらいの大きさの丸いもの。しかもかなり重いもの。

しかも、樹里のこの荷物と、留美夫の持参した品物とが合わさって初めて役に立つ。

私は、いろいろと考えてみた。二人の間にでき、早産したこども……なども考えたが、この二人には似合わしくない……。

解決編になっても、折原さんは、荷物の正体をなかなか明かしてくれない。最後の方で、やっとわかるのだが、私は唖然としてしまった。小説の読者の中に、これが当てられた人はいないのではないか。

しかも、その意外な物が、小説の道筋に極めて重要な役割を果たすのだから、まさに「やられた」であった。


（『推理日記　第十一巻』より）

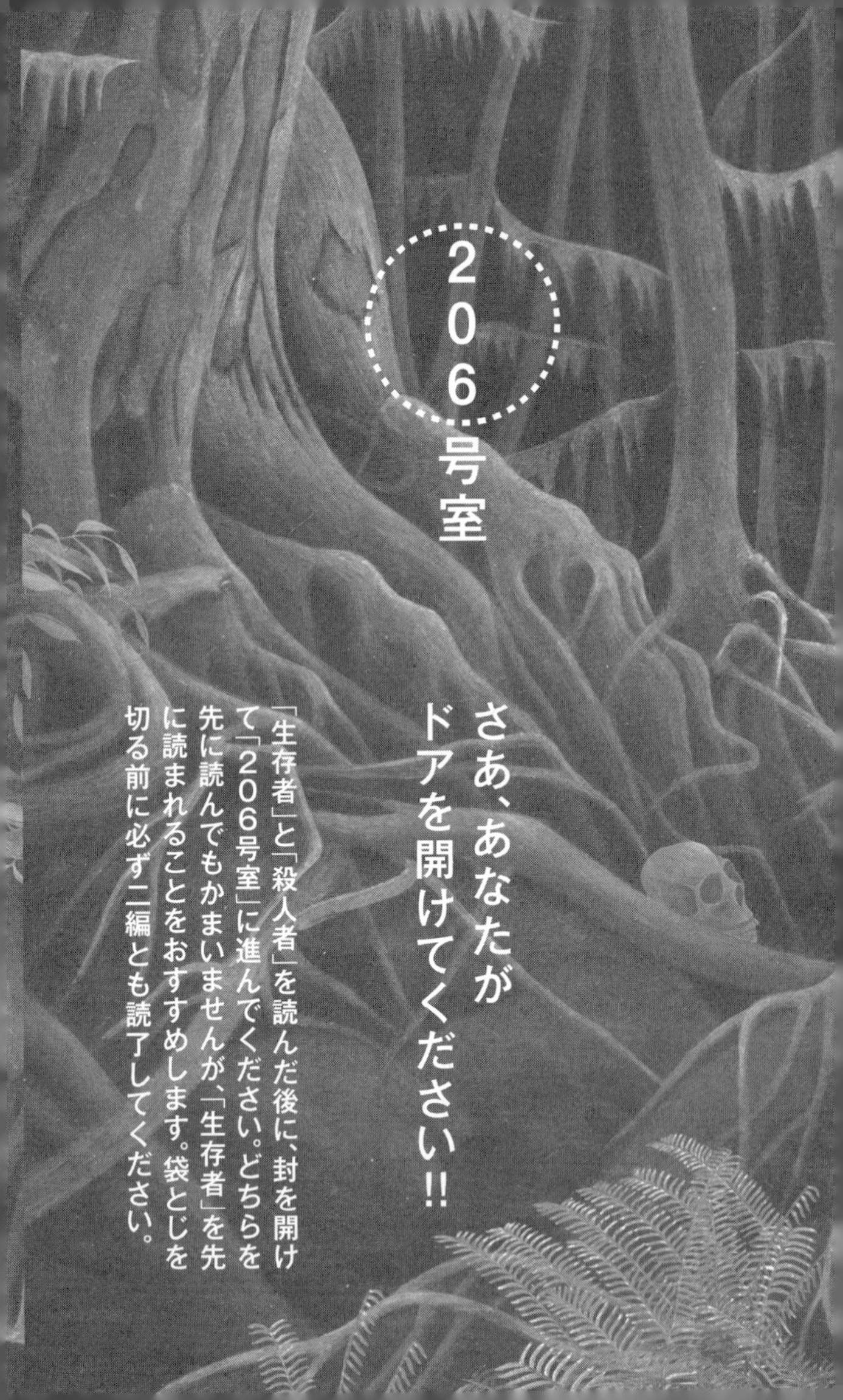

206号室

さあ、あなたが
ドアを開けてください!!

「生存者」と「殺人者」を読んだ後に、封を開けて「206号室」に進んでください。どちらを先に読んでもかまいませんが、「生存者」を先に読まれることをおすすめします。袋とじを切る前に必ず二編とも読了してください。

黒い森

折原 一

祥伝社文庫

（本書は平成十九年十一月、小社から四六判で刊行されたものです）

黒い森

殺人者

この作品は、本の表から読む「生存者」編
本の裏から読む「殺人者」編、袋とじになった「206号室」の
3つのパートからなりたっています。

上質のエンターテインメントを！　珠玉のエスプリを！

祥伝社文庫は創刊十五周年を迎える二〇〇〇年を機に、ここに新たな宣言をいたします。いつの世にも変わらない価値観、つまり「豊かな心」「深い知恵」「大きな楽しみ」に満ちた作品を厳選し、次代を拓く書下ろし作品を大胆に起用し、読者の皆様の心に響く文庫を目指します。どうぞご意見、ご希望を編集部までお寄せくださるよう、お願いいたします。

二〇〇〇年一月一日　祥伝社文庫編集部

祥伝社文庫

黒《くろ》い森《もり》

平成二十二年九月五日　初版第一刷発行

著者　折原《おりはら》一《いち》
発行者　竹内和芳
発行所　祥伝社
東京都千代田区神田神保町三－六－五
九段尚学ビル　〒一〇一－八七〇一
電話　〇三（三二六五）二〇八一（販売部）
電話　〇三（三二六五）二〇八〇（編集部）
電話　〇三（三二六五）三六二二（業務部）
http://www.shodensha.co.jp/

印刷所　萩原印刷
製本所　ナショナル製本
カバーフォーマットデザイン　芥陽子

造本には十分注意しておりますが、万一、落丁、乱丁などの不良品がありましたら、「業務部」あてにお送り下さい。送料小社負担にてお取り替えいたします。

　ISBN978-4-396-33604-2 C0193

contents

プロローグ――ある密室（男の場合）

その部屋は、外部から完全に遮断されていた。

廊下側のドアは施錠《せじょう》され、チェーンが掛けられている。窓は内側から差しこみ錠が掛けられ、さらに錠自体にロックが掛かり、いわゆるダブルロックになっていた。

他に浴室の換気扇があるが、人が出入りできるほどの隙間《すきま》はなかった。浴室から天井へ抜ける通気孔は、電気の配線業者でもないかぎり、入ってくることは不可能だ。実際、配線業者は天井にいなかった。

ベッドに横たわる二人の男女。

愛し合っている二人は、この部屋で最後の愛を確かめた後、静かに眠ったはずだった。

密室殺人――。

意識を失う直前の男の頭の中に、そんな文字が何の前触れもなく浮かび上がった。しか

し、誰が見ても、これは心中事件だ。すべての状況が、外部の人間のしわざではなく、部屋の中の二人の同意のもと、二人がこの世から去ったことを示しているはずだ。

推理小説に淫《いん》した物好きな刑事でもないかぎり、これはただの心中事件として処理されるにちがいない。それでおしまい。ジ・エンド。

無性《むしょう》に愉快になり、男は笑おうとしたが、顔の筋肉が動かない。全身の力がすでに抜けているのだ。死へ向かってまっしぐら。

誰かがドアを叩《たた》いている。

男の意識がゆっくり覚醒していく。ここはどこだ。それまで見ていた夢は、最悪だった。深夜のビル街、殺し屋に追われ、ひたすら逃げているものだった。ひどく現実感に乏《とぼ》しいので、夢の中でもこれは夢だと認識していた。彼は非現実の世界にあっても、殺し屋につかまり、背中にナイフでも突き立てられるのが怖くて、ひたすら駆けていた。夢の中では、現実の世界とは違ったルールがあるのを感じとっていたのだ。

ビルの明かりはすべて消え、人けがまるでない。

夢の中なのに、息が切れ、足がもつれていた。アルコールは口にしていないはずなのに、全力疾走したことで全身に酔いに似た症状がまわっていた。

もうだめだと思われた時、背後に人の気配がした。人間が腐《くさ》ったようなにおいがぷんと

鼻をついた。人間が腐った？

次の瞬間、背中を強い力でつかまれた。ふり払おうとしたが、体のバランスを崩し、前につんのめった。アスファルトの路面が激しい勢いで迫ってきた。


…………


誰かがドアを叩いている。

路面に衝突する寸前で、夢の画像がスイッチをオフにしたかのように切れ、細かい砂粒をぶちまけたような静止画像になった。海辺に寄せる波のような耳障《ざわ》りな雑音。

「開けなさい。ここを開けるんだ」

ドアの外で誰かが怒鳴《どな》っている。「おい、そこにいるんだろ？　開けるんだ。開けないと、ドアを破るぞ」

どうして、あんなに高いテンションで叫ぶことができるのだろう。声には、怒りと焦《あせ》りがぎっしり詰めこまれていた。

起き上がろうとした時、窓から朝の光が差しこんでいるのに気づいた。カーテンの開かれた窓から白い空が見えた。

現実の世界で僕を殺したのは誰？

今、その密室の中で僕は意識を取りもどそうとしている。死んではいない。

この計画は失敗に帰《き》したのか。

不意に腹の底から笑いのエネルギーが込みあげてきて、男は脳に命ぜられるままに笑った。

「おい、開けるぞ」

最後通牒《つうちよう》の声とともに、ドアに何かが強く打ちつけられた。

その時、男は傍《かたわ》らの女が目を開いているのを見た。そして、女も男と同じ夢を共有していることに気づいた。

「心中、おだやかではない」

男が女に向かって言った。「今度会う時は……」

女が耳を近づけてきたので、男は小さな声で説明した。

「まるで嵌《は》め絵パズルみたいね」

女が言った次の瞬間、ドアが破られた。

…………

殺人者

私はだめな男だ。もうこれ以上、生きてはいけない。可哀相だが、あいつらも私と一緒にあの世へ旅立ってもらおう。

ただ、私たちが生きていた証《あかし》を後世に残しておかなくてはならなかった。ここで一体何が起きたのか、後で「現場」に踏みこんでくる連中に知らせる意味でも、記録を残しておくことが私の使命だと考えている。

さあて、では、始めるか。

人間狩りのゲームの幕が、今まさに切って落とされようとしていた。

斧《おの》を持った男から逃《のが》れようとして駆けまわる者たちの悲鳴。男は右手で斧を軽々と振りまわす。

ビュンと空気を切り裂く音が、森の静寂を破る。

「やめて、お願いだから」

複数の悲鳴が、森を抜け、湖面をわたり、集落のほうへ伝わっていった。


…………


こうして、血塗られた樹海の伝説が始まったのである。だが、語り継がれているうちに、さまざまな小さなエピソードが積み重なっていった。そして、伝説は歪曲《わいきょく》され、真実の姿を隠し、何が本当なのか定《さだ》かではなくなったのだ。

あの森で一体何が起こったのか。


…………

1

「あの森で何が起こったのか、実際のところ、誰も知らないんですよ」

民宿の主人は、ひび割れた太い手で剛毛に覆《おお》われた顎《あご》を撫《な》でながら、客たちの反応を窺《うかが》った。

その民宿では、主人が囲炉裏《いろり》ばたで地元に伝わる昔話を語り聞かせるのを売りにしてい

る。

　樹海の中の山荘に妻と幼い双子の娘と移り住んだ作家の男。静かな環境で小説を執筆しようとしたが、プロットさえ浮かばず、やがて狂気の世界に入りこんでしまう。そして、妻子を斧で惨殺し、自分は森の中へ姿を消してしまうといったストーリーだ。

　十一月中旬のこの日は、東京のある旅行社が主催するツアーの客十人と添乗員の合わせて十一人が泊まっており、夕食後、囲炉裏のある部屋に集まり、主人の話を聞いていた。

　主人の年齢は不詳だ。三十代半《なか》ばとも見えるし、あるいは五十歳をすぎているようにも見える。

　だが、話を終えた主人は物足りなさを感じていた。

　反応が弱いのだ。ここ何回か同じような経験をしている。これはどこから来ているのだろう。私の話がつまらないとは思わない。

　添乗員は四十歳前後の真面目そうな男だ。場をなごませようとしているのだが、それが空回りしている感じがする。真面目すぎて、おもしろみのない男。どんな職場にも必ず一人はいる。

「さあ、みなさん。ご主人のおもしろい話を聞きましょう」と呼びかけ、メンバーの一人一人を無理やり囲炉裏ばたに連れてきた。ひどく疲れきっている初老の夫婦は、やすみたいと言っているのに、「すぐに終わりますから」と連れてきたりしたのだ。

「みなさん、元気がないですね。お酒でもどうですか?」

添乗員は裏返った声で言った。「陽気にやりましょう」と。まるでマニュアルに書かれてあるものをそのままやっているような感じではないか。

「陽気にやりましょう」と言われたって、樹海の伝説は暗くて救いのない話だし、真面目に聞いていたら気が滅入《めい》ってしまうだろう。

この添乗員には、その旨《むね》、くどいほど伝えてあるが、「思いきりどきりとする話にしてください」と逆に注文をつけられる始末だ。

団体の名称は「ミステリー・ツアー」。出発地は東京の新宿駅、二十人乗りのマイクロバスに乗って、夜の八時過ぎに民宿に着いたのだ。予定では、ここに一泊して、明朝、湖の周辺を散策するというのだ。マイクロバスはいわゆる白タク、無認可のものだったのを主人は素早く見てとった。バスはそのまま東京方面へ引き返していった。

「ミステリー・ツアー」と言われても、どのように解釈したらいいのか。文字通り、樹海の近くに来て、肝《きも》を冷やすような体験をしたいのだろうか。それとも、最初に行き先を指定されておらず、着いたところで「サプライズ」という趣向なのか。客はツアーの行き場所が樹海のそばだと知って、意気消沈したとも考えられる。

まあ、確かに樹海はびっくりするよなあ。でも、ちょっとマニアックすぎやしないか。

民宿の主人は、そう思いながら囲炉裏ばたに集まった面々に焼きたてのヤマメの塩焼き

を勧めた。

　誰も取ろうとしなかったが、一人の若者が「じゃあ、僕が……」と言って、主人の手から塩焼きの串を受け取った。

　年は二十代半ばだろう、長身で色白の美青年だった。彼は魚を頬張ると、にこりと笑った。

「ああ、おいしいですね」

　主人は青年に好印象を持った。

「あんたみたいにうまそうに食べてもらえると、嬉しいなあ」

「ご主人、さっきの話ですが、その山荘に行くのは簡単なんですか？」

　青年は白い歯を見せて言った。「僕、行ってみたいな」

「いや、とんでもない。樹海に入ったら、誰もが迷う。一度迷ったら、外に出るのは不可能だ」

「添乗員さん、どうなんです、明日、そこへ行くというのは？」

　青年は中年の添乗員に話を向けた。「でも、もしかして……」

「いやはや……」

　添乗員は薄くなりかけた頭を軽く撫で、苦笑した。「実は、そこへ行くつもりでした」

「じゃあ、ミステリー・ツアーの行き先はそこだったんですか？」

青年は自分の勘が当たったことに喜んでいるようだった。

「では、ここで発表させていただきますが、私たちの目的地はその山荘です。ちょうどいい機会ですので、みなさんのご意見を伺いたいと思います」

添乗員は背広姿のまま立ち上がった。「もし異論のある方は、ここでツアーを終えていただいても、いっこうにかまいません。樹海の中の足元の悪いところですから、ご年配の方にはきついと思います」

添乗員は六十代半ばくらいの夫婦を見た。「坂崎《さかざき》さまはいかがでしょう。お足がだいぶお悪いようですね」

坂崎夫妻の夫のほうは膝をさっきからさすっており、疲れきった様子だった。妻がおずおずと質問をした。

「あの、そこへ行くのに、どのくらい時間がかかるのでしょう?」

「そうですね。私も初めてなので、何とも言えませんが、最低五時間はかかると思います」

「あら、添乗員さんも初めてなの?」

坂崎の妻は不安そうに眉間にしわを寄せた。

「でも、ご安心ください。当社のガイド本に従って進めば道に迷うことはありません。今まで辿り着けなかった例はないので、ご心配なく」

「いやあ、びっくりしたなあ。惨劇の舞台ということは、血痕なんかも残されてるんですか?」

四十歳くらいの肥満した男がその時、口を挟んだ。

「いや、きれいに改装されてますから、ご安心を」

「そうですか。おもしろい。行きましょう。最後はぱあっとやりたいものですね」

それまで無口だっただけに、その男のはしゃぎようはひどく場違いな感じだった。

「土井《どい》さま、ありがとうございます」

添乗員は中年男に頭を下げた。「異論のある方、いらっしゃいますか? 姫野《ひめの》さまはいかがでしょう?」

姫野と呼ばれ、びくっと顔を上げたのは、二十代半ばくらいの痩せた女だった。線が細く、浴衣の中の骨まで透《す》けて見えそうだった。

「え、わたしはかまいません。どこにでも行きます」

彼女は、そう言ったきりうつむいて薄ピンクに塗られた自分の爪を見つめていた。

そこには、他にも四十代後半くらいの白髪の男や年齢不詳の影の薄い男、ゲームに熱中しているオタク風の若者がいたが、添乗員の問いかけに特に反応は示さず、黙っていた。

「それでは、みなさん、明日の目的地は樹海の中の山荘ということでよろしいでしょうか。……ご異論がないようですので、それで進めさせていただきます」

「途中で動けなくなったら?」

　坂崎が言った。

「かなりハードな歩きになると思います。携帯電話も使えないし、いったん道に迷ったら、樹海を出ることができません。歩けなくなったら、もうどうしようもないのです」

　添乗員は笑みを絶やさなかったが、言い方はシビアだった。

「足に自信がなかったら、最初からやめたほうがいいのかな?」

　坂崎が不安そうに言った。

「そうですね。無理にお勧めしません。坂崎さまご夫妻は、この近くで用を足していただけばいいのではないかと思います。ただし、いただいた旅行代金の払いもどしはありませんので、その点、ご了承願います」

「用を足すか?　ハハッ」

　坂崎は寂しげに笑った。「我々の旅もトイレに行くようなものだな。こういうことでビジネスが成り立つんだから、すごいよ」

「では、明日の午前八時三十分、ここを出発いたします。みなさん、充分に休息をとってください。明日は体を酷使するので、つまらない悩みごとなんか忘れてしまいますよ」

　ツアーのメンバーが立ち上がり、ぞろぞろと自分たちに割り当てられた部屋にもどっていった。

囲炉裏ばたに最後に残ったのは、二十代半ばの色白の青年と民宿の主人だった。

「立ち入ったことを聞くけど、あなたは、どうしてこのツアーに参加したのかな？」

民宿の主人は自慢の顎ひげに手をやりながら訊ねた。

「彼女と待ち合わせをしてるんです」

「ほう、どこで？」

「わかりません」

青年は首を左右に振った。

「わかりませんって、それ、どういうこと？」

「うーん、よくわからないんです。樹海の中ということはわかってきましたけど」

「あんたの言うことはわからないねえ」

「目的地で待ち合わせしてるんですよ」

青年が邪気のない笑顔を見せた。「このミステリー・ツアーに参加してほしい。彼女が
その旅先で待ってるからって言うんですね」

「よくわからんが、ずいぶん変わった女性だねえ。携帯電話とか、連絡はないの？」

「それがないんです」

「不安じゃないの？」

「少しも不安じゃありません。彼女を信じてますから。僕たち、固い絆《きずな》で結ばれているんです。愛し合っているんですから」

青年はどこか浮世ばなれしているというか、自分の世界に酔っているように見えた。女性には人気がありそうだが、主人はそこにトラブルを生む危険なにおいを感じた。

「私はやめろと言いたいね。旅先が樹海の中だよ。しかも、あの惨劇のあった山荘なんだから。添乗員は正気とは思えないよ」

「ご忠告、ありがとうございます」

青年は生真面目な性格らしく、深く一礼して囲炉裏のある部屋を出ていった。大丈夫かなあ。あの男、いったんこうと決めると人の意見に耳を傾けない傾向がありそうだ。危なっかしいなと、主人は思った。

2

滝川留美夫《たきがわるみお》に不安がないと言えば嘘になる。

愛する樹里《じゆり》から、「ミステリー・ツアーの目的地で待っています」とメールが届いた。両親に携帯電話を没収され、新しいものを買ったのだという。当然、メールアドレスも変更してあった。留美夫の携帯電話は、前のものと同じだが、あの〝事件〟の後、データが

すべて消去されていた。どさくさの中で誰かが操作したのか、電話の故障でそうなったのかそれはわからない。とにかく、彼女との連絡手段がなくなり、彼は悶々《もんもん》とした日々を送っていた。彼女の自宅に電話しても、とりついでくれるはずもなかった。

新しい番号を教えてくれるよう、彼女に折り返しメールを送ると、集合場所と時間を指定した事務的な内容のメールが届いたのだ。代金は支払い済みだという。妙だと思ったが、彼には他に選択肢がなかった。

彼女と今度会う時は間違いのないように、ある品物を持ち寄る約束を交わしていた。二人とも違ったもので、二つ合わせて初めて完成するもの。「まるで嵌め絵パズルみたいね」と彼女が言ったものを彼はリュックサックに詰めた。

集合の日の夕方五時少し前に新宿西口の路地裏の指定された場所に行った。そこにはマイクロバスが待っており、フロントガラスには「？」と書かれた紙が貼ってあった。近くには大型の家電量販店が並んでいて、人通りが多いのに、この路地には人影がほとんどなかった。留美夫が名前を言うと、バスの最前列に座っていた中年の男が「バスの中でしばらくお待ちください」とていねいな口調で案内した。

車内には五、六人の客がすでに待機していた。二人掛けの椅子にばらばらに座っているところを見ると、客同士のつながりはないようだった。窓のカーテンは閉じられ、天井には薄暗い照明がついていた。まるでお通夜のように静かだなと思いながら、留美夫は中ほ

どの席につき、出発時間を待った。

　五時をすぎてから、六十代半ばくらいの男女が慌ただしく乗ってきて、二番目の席に並んで座った。それを確認してから、先ほどの案内の男が立ち上がり、白いマスクをした運転手に「全員そろいました」と言った。それから、バスの乗客に向かって深々と頭を下げた。

「みなさん。本日はようこそ、ミステリー・ツアーに参加していただき、ありがとうございます。これから、みなさんを秘密の場所へご案内いたします」

　晩秋の日は短く、すでに夜の帳《とばり》が落ちていた。

「それでは、出発します。恐れ入りますが、しばらくの間、窓のカーテンを閉めたままにしておいてください」

　バスは窓のカーテンを閉ざしたまま静かにすべるように新宿の裏通りを出た。

　添乗員からは「三時間ほどで宿泊地に着く」ということしか案内はなかった。バスが高速道路に乗って、西へ向かっているのは何となくわかった。

　車内で会話はなかった。最後に乗ってきた夫婦らしき初老の男女にしても、無言のまま身じろぎもせず、ただ前を見つめているだけだった。

　窓の外を見ることもできず、またカーテンを開けたとしても、夜の景色に興味はなかっ

たので、留美夫はそのまま目を閉じていた。

彼女が指定したツアーだったし、チケットも間違いないのだから、このバスに乗っていればいいのだろうが、それにしても、「ミステリー・ツアー」なんて奇妙なツアーに参加してしまったなと思っていた。乗客もやけにおとなしく、陰気で、孤独を好みそうなタイプばかりだ。

目を閉じているうちに、彼は昨日までの疲れからか、うとうととしてきた。

生々しい夢を見た。どこかの一室で彼女とベッドを共にしている夢だ。夢の中でも彼はまどろんでいた。彼女と愛し合った余韻に浸り、幸福な夢を結んでいた。すると、突然、ドアの外から「開けろ」と怒鳴る声が聞こえた。夢とうつつの間でそのままじっとしていると、ドアが乱暴に叩かれた。

「開けなさい。ここを開けるんだ」

ドアの外で誰かが怒鳴っている。「おい、そこにいるんだろ？　開けるんだ。開けないと、ドアを破るぞ」

どうして、あんなに高いテンションで叫ぶことができるのだろう。声には、怒りと焦りがぎっしり詰めこまれていた。

「開けないと、破るぞ」

そう言われても、彼は動けなかった。仰向けになった体が麻痺したように硬直して、ど

の部分も動かせないのだ。脳の指令が末端まで届かなかった。かろうじて、目だけが動かせるが、それも天井を中心にしてせいぜい九十度くらいのものだ。

傍らに彼女が寝ているのが気配でわかった。「樹里」と声をかけてみるが、反応はなく、奇妙ないびきのような音が聞こえた。

「樹里、起きろ。起きるんだ」

ここはどこだ。どのような状況でこのベッドの上にいるのか、肝心の部分の記憶が欠落している。これは薬物のせいだろうか。

「開けろ。早く開けろ」

ドアを叩く音がさらに強くなった。複数の人間が叩いているようだ。ドアノブががちゃがちゃと動かされている。そんなにやってると、鍵が壊れちゃうじゃないか。

返事をしたくてもできない状況だった。

「窓のほうも鍵が掛かっているようですね」

外部の人間の声が聞こえてくる。

「他に入れるところは?」

「ありません。ドアを破るしか方法はないです。密室状態なんです」

密室状態? 留美夫の頭は混乱していた。ここが密室? そんなこと、小説の中でしかありえない。違う、これは密室殺人ではない。それを声を大にして訴えたかった。

「じゃあ、お願いします」

外の誰かがそう言うのを合図にしたかのように、何か重そうなものがドアに叩きつけられた。部屋の中が揺れた。天井から吊り下がったシャンデリアが小刻みに振動している。

依然、彼が動けないでじっとしているうちに、ドアが破られた。錠の付近に大きな穴ができ、そこから白い手袋をした手が差しこまれた。その手が錠のロックをはずしたが、チェーンで二重にロックされており、ドアを開けることはできなかった。

「だめだ。こっちも壊してしまおう」

斧がチェーンに叩きつけられ、チェーンを留めていたネジごと錠が吹っ飛んだ。

「開いたぞ」

何人かの男たちが部屋の中になだれこんでくるのが見えた。

…………

「おい、あんた。起きてるのか」

誰かが彼に呼びかけている。

肩が揺すられている。

「ずいぶん、うなされてたな」

男の声。「あんたもろくな人生、送ってこなかったんだな。若いのに、可哀相にな」

確かにそうだ。ここ最近は低空飛行のような気がする。

目を開けると淡いオレンジ色の豆電球に照らされた部屋にいた。四畳半ほどの狭い和室だ。

「ここはどこですか?」

「何を言ってるんだ。ここは民宿だよ」

隣の布団に寝ている三十代半ばくらいの男が鼻で笑った。

「民宿?」

「ミステリー・ツアーのさ」

「あ、そうか」

留美夫の記憶は、密室の中から強引に運び出されて以来、ところどころ欠落しているのだ。ただ、欠けているとはいっても、その間、生活していた記憶はある。彼女との連絡が跡絶《とだ》え、味気ない生活をしている記憶が。

そして、彼女からメールが入り、すぐ後にチケットが送られてきたのだ。そんな断片的な記憶だけは残っている。

「樹海か」

「やっと思い出したか、滝川君」

男は相部屋のツアー客らしい。

「あれ、どうして僕の名前を?」

「寝言で言ってたぞ。滝川留美夫、二十六歳って。面接試験の夢でも見てたか?」

男が低い声で笑った。「女の子の名前も呼んでたけど、何があったんだい?」

「個人的なことです」

留美夫の顔は恥ずかしさに赤くなったが、薄暗い部屋で相手に見られずにすんでよかったと思っていた。

「ふうん、そりゃそうだろうな」

「あなたは、どうしてこのツアーに?」

「〝最後がミステリー〟なんていいじゃないか。スリルを求めて、俺はこれに加わったのさ。人生って、むしゃくしゃすることばかりだし……」

男はつまらなそうに言い、「あ、それから、俺、富岡裕介《とみおかゆうすけ》。富んでいる岡、余裕の裕に介助の介だ。名前負けしてるけど、まあ、よろしくね」と簡単に自己紹介をした。

「行き先が樹海なんですけど、後悔してますか?」

「後悔? 冗談じゃないよ。どういう結末になるのか、今から胸がわくわくしてるさ」

富岡が妙に明るいことに、留美夫は引っかかった。夕食の後、民宿の主人が怪談話をしている時、何か考えごとをしているような富岡を留美夫は見ていたからだ。

「君も例のことで?」

「例のこと?」

話が嚙み合わない。

「ツアーに参加した目的さ。世の中、こんなに物好きが多いことに俺は驚いたね」

富岡が皮肉っぽく笑った。

「僕は物好きじゃありません」

留美夫は相手の言い方にかちんときて、思わず声を荒らげた。「彼女に会いにいくんです」

「ええっ、それ、どういうこと?」

「だから、彼女がツアーの目的地で待ってるんですよ」

「樹海の山荘で?」

「そうだと思います」

「ちょっと、君。それって、何かおかしくない?」

富岡が呆れたような声を出した。

「どうしてですか?」

「だってさ、山荘に行くことは、今夜発表されたんだぜ。君の彼女がどうして山荘で待ってるんだよ。もしかして、彼女って、ツアー会社の関係者?」

「いいえ。全然。僕は彼女からバスに乗るよう連絡をもらって、それで参加したんです」

「それって、おかしいと思わない？　何の疑問も持たないの？」

「おかしいも何も、僕にはこれしか信じるものがないんです」

確かに、まともな精神状態なら、この一件に奇妙な点が多いことに気づくはずだ。彼自身、本当に彼女に会えるのか不安な点も多い。しかし、他にどのような選択肢があるのだろう。密室事件以来、彼女と引き離され、鬱々《うつうつ》とした毎日を送っていた彼にとって、目的もなくただ同じような暮らしをつづけるのはいやだった。

騙《だま》されたとしても、彼女に呼び出されたからには、そこへ行ってみるしかないではないか。彼女の考えたミステリー・ツアーのようなものだったら、樹海の中で驚きの対面があるかもしれない。また違った悪意のようなものが存在するとしたら、それと真っ正面から向き合い、対決する必要があるだろう。彼女との間にある障壁は、取り除かなくてはならなかった。

樹海へは行くべきだった。たとえ、森の中で迷っても、目的地の山荘に到達しなくてはならなかった。

「そこまで言うなら、俺は止める気はないけどね」

富岡は鼻で笑い、「じゃあ、おやすみ」と言って、留美夫に背を向けた。すぐに富岡の寝息が聞こえてきた。

留美夫は目を閉じ、明日の樹海行きについて、思いをめぐらせた。力を蓄《たくわ》えておこう。

途中で脱落しないように。荷物は重いが、何が何でも持っていかなくてはならない。

恋人の名前を呼ぶと、幸福な気持ちになり、やがて睡魔が襲ってきた。

3

翌朝八時半、民宿の玄関前にツアー客十人が集合した。

「九人と死人で十人だ」

留美夫の背後から、ふっとそんな囁き声が聞こえてきた。ふり返ると、誰もいない。風のいたずらだったのか。湖のほうから晩秋の冷たい風が吹いてきていた。

そこへ添乗員が玄関から現れた。

「それでは、出発いたします。強行軍なので、そのおつもりでいてください」

添乗員の頭に朝日があたり、まぶしく反射していた。風が残り少なくなった髪を揺らしている。服は昨日と同じ濃紺の背広だった。左腕には「東京陽炎《かげろう》旅行社」と書かれた腕章をつけている。紫のネクタイに黒い革靴。そんな格好で歩きまわることができるのか不思議だった。

「何か質問がありましたら、今のうちにどうぞ」

初老の夫婦の夫のほうが手を挙げた。

「坂崎さま、どうぞ」

「もう一度確認するけど途中で歩けなくなったら置き去りにされるんだね？」

坂崎は厳格な元教師タイプで、厚手のジャケットにループタイを身につけていた。靴はさすがに革靴ではなく、歩きやすい黒のスニーカーだったが、膝の様子が気になるのか、さっきからしきりに膝頭をさすっている。

「その場に置いていかざるをえません。なぜなら、他の方たちに迷惑がかかるからです。自信がなかったら、ここでお別れということも可能です。何度も申し上げますが、あくまでも自己責任でお願いいたします」

添乗員はビジネスライクに言った。

「あなた、せっかく高いお金を払ってるんですから、行きましょうよ」

坂崎の妻は、夫の肘《ひじ》をつついた。

「うむ、そうだな。まあ、なるようになるだろう」

坂崎夫妻は、それっきり口を閉ざした。

「他に何か？」と添乗員が言い、ツアー客を見まわしたが、誰も答えなかった。

「じゃあ、私から一言」

そう言ったのは、民宿の主人だった。玄関のガラス戸をがらがらと開けて、屋外へ出てきた。

「みなさんの気勢をそぐことになるかもしれませんが、一言だけ。それでみなさんは最終決断をされたほうがいいですよ」

「急いでますから、手短に」

添乗員が苛立たしげに言った。

「実を言うと、三日前にあなたがたと同じようなツアーの人たちが、うちに泊まりました。そのツアーの行き先も樹海でした」

民宿の主人は顎ひげに手をあて、話がメンバーたちに浸透するのを待った。「私は止めたんですがね。フフッ」

「行ってしまった？」

添乗員が露骨に迷惑そうな顔つきをして言った。一刻も早く出発したいのに、こいつは何を言うんだろうとその顔には書いてある。

「私は引き止めたのに」

主人はにやりとし、古い歌謡曲のフレーズのように奇妙な節《ふし》まわしで言った。「あの人たちは行ってしまったあ」

「それで？」と添乗員がしらけた顔で先を促《うなが》したので、主人は急に真顔になった。

「そうです。彼らはまだもどってきていないのです」

「ご主人は何を言いたいの？」

太った中年男が訊いた。

「つまり、樹海に入ったまま消息を絶ったということです」

「死んだの?」

「さあ、それはわかりません。まだ三日ですから、森のどこかで助けを求めている可能性もあります。ただ、その場合でも、樹海は途轍《とてつ》もなく広いし、道もないので、捜索するのは困難です」

「警察は捜索してるの?」

「いいえ」

「じゃあ、行方不明とはかぎらないじゃないか。ご主人が確認していないだけの話で、もうすでに帰ってるのかもしれない」

年長者の坂崎が冷静に異議を唱えた。

「とにかく、やめることを勧めます」

民宿の主人はあくまでも言った。「いいですか、私は言いましたよ。止めたんですよ。それでも行くとしたら、あなたたちの責任」

主人は「じゃあ、幸運を祈ります」と言い残すと、玄関のドアをぴしゃりと閉めて家の中に入っていった。

その場には、気まずい沈黙が流れたが、添乗員は口元にかすかに笑みを浮かべ、素早く

フォローした。

「ここでおやめになるのは、みなさんのご自由です。でも、旅行規約にありますように、旅行代金の返還はできません。ご了解願います」

それに対して、特に目立った反応はなかった。

「それでは、出発いたします」

添乗員はツアーの旗を頭上高く持ち上げると、それを肩に軽く乗せ、歩き始めた。左手には重そうなアタッシェケース。

時刻は午前八時四十五分。民宿の外の林を抜けると、湖畔に出た。湖のちょうど向こうに山裾の長い独立峰がそびえていた。その広大な裾野に広がる樹海。秋の澄んだ空気の下、それは得体の知れない生き物のように黒々と横たわっている。

湖畔の道は、人影はまばらだ。紅葉の季節が終わり、湖畔に並ぶみやげ物店は戸を閉ざし、ひっそりとしていた。「おんせんまんじゅう」の色褪《あ》せた茶色の幟《のぼり》が風にはためいているのが、季節はずれの侘《わび》しさを感じさせる。

湖を周回する道は、観光シーズンならハイキングやサイクリングを楽しむ客で溢《あふ》れているが、今はくたびれた老犬を散歩させる地元の老人がたまに見えるくらいだった。その道をミステリー・ツアーの十人のツアー客は一列になり、旗を持つ添乗員のあとをついていった。独立峰のほうから吹き下ろしてくる冷たい風は、下界に下りると、まず湖にぶつか

り、魚の鱗《うろこ》のような波模様を湖面に作る。それから、湖畔の砂粒を巻き上げ、防風林に吹きつける。

黙々と歩く一行。樹海の中の山荘に向かおうとする面々。

かつてそこで陰惨な事件が起こったという伝説のある家で、彼らは何を期待しているのか。ミステリー・ツアー。先行き、何が起こるかわからないツアー。

だが、滝川留美夫には少なくとも、彼女に会うという目的がある。そこで待っている彼女と会って、愛を確認するという究極の目的があるのだ。

留美夫は列の最後から二番目を歩いていた。一番後ろは、四十歳くらいの顔色の悪い男。さっきからその息が乱れているのを、留美夫は感じとっている。肥満気味の体型で、この過酷なツアーに参加すること自体、無謀のように思えた。

「大丈夫ですか?」

留美夫は歩くスピードを落とし、背後をふり返りながら言った。男は列から少し遅れ気味だった。

「うん、大丈夫」

太った中年男はぶっきらぼうに言い、うるさそうに手を振った。男の額には大粒の汗がびっしり浮かんでいる。

「休息が必要なら、添乗員さんにスピードを落とせと言いますけど」

「いや、ご心配なく」

取りつく島がないので、留美夫はそれ以上言うのをやめ、前との間にできた差をつめた。前方にいる坂崎夫妻は、夫のほうが足が悪いようで、左足をひきずるように歩いているが、今のところ、遅れることなく、ついていっている。

どうも僕はおせっかいにできているようだ。留美夫は苦笑した。自分のことだけを考えればいいのだ。自分のことだけを。

彼は歩くスピードを上げた。背中には、彼女のために用意した物がある。鍵穴と鍵のような関係。彼と彼女の固い絆を示すものだ。重さは全然気にならなかった。

ツアーのメンバーは、先頭を歩く添乗員を含めて全部で十一人だった。添乗員の次を歩くのは、大学生風の長髪の男。ジーンズに厚手の合成皮革製のジャンパー、わりと大きめなリュックサックを背負っている。バスに乗っている間はイアホンをつけてゲームをやっていた。時々、ゲームの効果音が耳障りにならない程度に聞こえてきた。メンバーが初めて正式に顔を合わせた夕食の席でも、人と視線を合わせることもなく、一人で黙々と食事をしていた。

三番目は二十代半ばくらいの姫野という女。あまりに痩せていて、体の向こう側も透視できそうだ。彼女はバスの中から押し黙り、夕食の時もまずそうに食べているだけだった。かげろうの女。留美夫の第一印象だ。今、彼女はどこで買ったのか、枯れ草色のウイ

ンドブレーカーとズボンに身を固め、やはり枯れ草色のナップザックを背負っている。彼女の姿は、落葉の季節が終わり冬枯れの景色になっている湖畔世界に保護色のように溶けこんでいる。じっとしていれば、この枯れた景色の中に入りこんで、外からは見えないのではないか。また、彼女自身もそれを計算に入れているような気がした。厳しい冬を前に、産卵を終えて寂しく死んでいく秋の虫のようだ。

四番目は四十代後半くらいの総白髪の男。くたびれたジャケットに膝の抜けたズボン。精神的にも肉体的にもひどく疲れきったような感じだ。仕事のストレスが溜まり、髪が真っ白になったのではないか。

五番目と六番目が坂崎夫妻。夫は足が痛いようだが、弱音を吐かずに歩いている。時々、妻が「あなた、大丈夫?」と声をかけると、「うるさい。大丈夫に決まってるだろ」と一喝する。高圧的な夫と忍従的な妻。正反対の二人。

七番目に三十代か四十代くらいの喪服のような黒い背広を着た男。肩に重そうな黒いショルダーバッグをかけ、痩せ細った体をふらふらさせながら歩いている。白いワイシャツの胸ポケットに黒いネクタイを突っこんでいるところを見ると、本当に葬式帰りなのかもしれない。黒い革靴を歩きにくそうに引きずっていた。

八番目が留美夫と相部屋だった富岡裕介という三十代半ばくらいの男。この男は元気そうだった。時々、ツアーの隊列を離れ、メンバーの様子を観察しているように見える。留

美夫と視線が合うと、シニカルな笑みを口元に浮かべた。笑っているが、目つきは鋭く、どういうつもりでこのツアーに参加したのか、それこそミステリアスだった。

九番目が三十歳前後の女。ひどく妖艶な女で、水商売でもやっていそうな感じがする。彼女もなぜこんなツアーに参加したのか、わからない。樹海の中の悲劇の山荘に目的地が決まった時も顔色を変えるではなく、淡々と受け止めていたようだ。体の線がはっきり見えるような黒いパンツに黒の革のブルゾン。敏捷《びんしょう》な雌豹《めひょう》のイメージがある。

十番目に滝川留美夫。そして、最後尾の遅れ気味の中年肥満男。


湖畔の道は長かったが、三十分も歩くと、ようやく前方に森の入口が見えてきた。樹海に入るまでに疲れてしまっては話にならないなと思っていると、

「すみません。できるだけ、我々の足跡を人に知られたくないのです」

と添乗員のタイミングのいい説明があった。「タクシーで分散して樹海の入口まで行くことも考えましたが、やはり運転手の口が軽いでしょうし、職場で噂話でもされると、このことが広まるおそれがあります」

「民宿の主人は？」

富岡裕介が問いかけた。「我々の行動を彼は知ってるよね？」

「彼は問題ないです。思慮深さにおいては、樹海より深いですから」

やがて、一行は森の入口に達した。道が森の中へつづいているところを見ると、ある程度のところまでは人が入っているのだろう。作家の山荘があったくらいだから、どこかに道は残っているはずだった。

その時、添乗員が立ち止まり、ふり返った。

「ここから森に入ります。もうついていけないという方がおられましたら、遠慮なくお申し出ください。いったん森に入ったら、脱落することは、すなわち死を意味します」

十人のツアー客が添乗員を取り囲むような形になった。

「それもいいじゃないか」

坂崎が言った。「ミステリー・ツアー。この先、何が起こるかわからない。人生そのものだ」

「あなた」

坂崎の妻がたしなめるように言う。「この辺でやめにしましょう。わたしはこれで充分です」

「いいじゃないか。くだらない人生の縮図というか、最後にぱあっと花を咲かせようと思えばさ」

「お金がもったいないから、ここまで来たんですけど、わたし、ちょっと怖くなりました」

「じゃあ、おまえは帰れ。俺は一人でも行く」

夫は不機嫌そうに妻からぷいっと目を逸《そ》らすと、湖の方向を望んだ。その場に気まずい雰囲気が立ちこめた。

しかし、添乗員はそれをうまくとりなした。

「まあまあ、夫婦喧嘩はそれくらいにしてください。樹海を歩くことは、そんなにつらくないと思いますよ。みなさんが長い人生の中で体験したことと比較したら、蚊《か》に刺される程度のことです」

「途中脱落も人生さ。人生ゲームだと思えば、いいんじゃないの？」

富岡裕介が皮肉を込めて言った。添乗員はかすかに感謝を込めたような視線を富岡に送ってから、ツアー客に対してうなずいた。

「それでは、確認の意味でもう一度申し上げます。ここでツアーを抜けることは自由です。ただし、いただいた料金はお返しできないことをご了承願います。最後の目的地までついてこられれば、必ずやみなさんを満足させることを誓います。ミステリー・ツアーの意図をご理解願います」

添乗員はそう言うと、体の向きを樹海へ向け、歩きだした。薄くなった頭髪は地肌にぴたっと貼りつき、湖から吹きつけてきた風にも動かない。それはまた彼の意志の強さを表しているようにも見えた。その背中は、あとをついてくるのはあなたたちの自由だと語り

かけている。

添乗員の決然とした足取りを見て、十人のツアー客は動きだした。順番は示し合わせたわけではないのに、前と同じ並び方で一列になり、添乗員のあとを追った。最後尾の肥満男も数分の小休止で少し体調が回復しているようだった。

留美夫は不思議だった。この連中は死が怖くないのだろうか。僕は怖い。でも、樹里が旅の目的地で待っているから、ついていかなくてはならないだけなのだ。

4

最初のうちは道らしきものがあった。

ハイキング道の延長のようだが、それも途中からなくなってしまった。四方どこを向いても同じ景色だった。道はなく、溶岩が固まってできたようなでこぼこの大地の上に同じような形状の木々が立っている。目を瞑《つぶ》ったまま何回転かした後、目を開ければ、方角がわからなくなる。

湖畔は晴れていたのに、いったん森の中に入ると、上空を覆う木々の葉が光を吸収して薄暗くなる。

紅葉が終わった季節にもかかわらず、常緑の木々は葉を落とすことなく、上空の光を遮

っている。ここには、野生動物がいる気配はなかったし、もちろん人間の影も見えなかった。

数百年前、独立峰が噴火した時、噴火口から流れ出た溶岩が原始林を焼き、野生動物たちを殺し、あるいは追い払って、その上を覆い尽くした。しばらくの間、溶岩の中から有毒ガスが出て、一帯は生物が住める環境ではなかった。

長い年月の間に鳥たちが運んできた木々の種が芽吹き、少しずつであるが、生物がもどってきた。そして、さらに何百年もの時がたち、今のような広大な森になった。邪悪な意志を持っているとしか思えないほど、歪んでねじれた黒い森――。

いったん人を呑みこめば、強烈な磁気を発して、その者の方向感覚を奪う。人が脱出口を求めて、どうあがこうが、お釈迦《しやか》様の掌上《しようじよう》で動く孫悟空《そんごくう》のように、森の呪縛から逃れることはほとんど不可能だ。その者はやがて力尽き、あるいは異常を来《きた》し、森のどこかで命を落とす。そして、森は容赦《ようしや》なく、その体液を吸いつくし、骨を砕き、森の養分として消化してしまうのだ。

添乗員はほとんど背後をふり返ることなく、前方だけに注意を集中しているように見えた。樹海の中を歩くのに適しているとは思えない背広姿に革靴。それにもかかわらず、彼はすべることもなく、精密機械のように足を運んでいく。頭の中にカーナビゲーションシステムが埋めこまれ、その指令のままに動いているかのようだ。

彼についていくツアー客も、遅れまいという意識でついていった。いくら樹海が恐ろしいとはいえ、彼らには周囲を見わたす余裕もない。だが、かえってそのほうがいいのかもしれなかった。よけいなことを考えると、樹海の魔力にとりこまれるからだ。

樹海に入って一時間ほど歩いたところで、森の中にほぼ円形に開けた場所に出た。添乗員は「休憩します」と言った。十人は倒木や溶岩の出っ張りを見つけ、思い思いに座ると、民宿で配られたペットボトルの緑茶で喉を潤した。

足の具合がよくない坂崎もこれまでのところ、大丈夫のようだ。留美夫の後ろの中年肥満男は息切れしていたが、どうにか遅れることなくついてきていた。

「添乗員さん、ちょっと聞きたいことがあります」

留美夫は気になっていた質問をぶつけてみた。

「はい、何でしょう?」

添乗員は汗ひとつかいていなかったし、他のメンバーのように息が上がってもいなかった。

「添乗員さんはどうして道に迷わないんですか?」

「それは企業秘密です」

無表情だった添乗員の口元が、なぜかほころんだ。それは苦笑に近いのではないかと留美夫は思った。添乗員は時刻を確認した。

「それでは出発します。あと一時間ほど歩いたところで、昼食休憩をとります」

添乗員は留美夫の問いにそれ以上答えることなく、また歩きだした。休憩をとっていたメンバーは不満を漏らすことなく立ち上がり、添乗員のあとをついていった。

それからの一時間もそれまでと同じような景色が展開した。歩いても歩いても変わらない。樹海の入口から離れているのか、それともまたもどってきているのか。

留美夫は精神的にも肉体的にも疲れを感じ始めていた。若い彼でさえそうなのだから、彼より年上の人たちはもっとたいへんだろう。坂崎夫妻の夫のほうは痛そうに足を引きずりだしていたし、留美夫の背後の中年肥満男の息は荒く、もはやそれを隠さないようになっていた。このままの状態で、夕刻までに目的地に到達できるのだろうか。彼は早くも不安を感じだした。

味のないガムを嚙みつづけるように、ただ凹凸《おうとつ》のある道を歩いていく。右へ行っても左へ行っても同じ単調な景色なのに、添乗員は迷うことなく、ひたすら歩いていた。

留美夫はその時、ふと疑問を感じた。添乗員はただ目的もなく歩いているだけで、本当は樹海の中を右往左往しているのではないか。メンバーが疲れるのを待って、何かを仕掛けるのではないか。

何を？

わからないよ、そんなこと。

間もなく、さっきと同じような円形の空き地が前方に見えてきた。

ふりだしにもどった？

「みなさん、まもなく、食事の場所に到着します。ここで一時間ほど休憩をとります」

添乗員の一言に、ほっという溜息が複数聞こえてきた。誰も口には出さないが、疲れが出てきていたのだろう。

空き地に着いて、留美夫はここがさっきと同じところなのかどうか確認したが、微妙に違っているようだ。前よりいくぶん広く、一本だけ高い木が立っている。その根元に黒いものが動いていた。鴉のつがいだ。見慣れぬ人間の登場に危険を察したのか、彼らはけたたましい羽ばたきをしながら飛び上がり、木のてっぺんに止まった。

昼食は民宿で用意したおにぎりで、メンバー一人一人にわたされていた。

留美夫たちは、二羽の鴉に監視されながら、思い思いに食事を始めた。疲れすぎて、かえって食欲がなく、ペットボトルの緑茶で無理やり喉に押しこんだ。

その時、彼は誰かに見つめられているような気がした。皮膚に突き刺さるような強烈な視線、いや殺気だ。思わず頬に手を触れる。それから、ゆっくりと休んでいるメンバーたちを見た。

二人の女が彼を見つめていた。一人は彼と同年代。姫野という痩せた女。彼女は慌てたように視線をはずし、ペットボトルに口をつけた。もう一人は三十歳前後の水商売風の

女。彼女は留美夫に見られても臆した様子もなく、口元にかすかな笑みを浮かべた。留美夫は自分の容貌が異性の注意を引くことを承知していた。過去、それによるトラブルが発生したこともある。だが、今、彼の心の中には樹里しか存在しなかった。

彼は三十女に儀礼的な笑みを返し、残ったおにぎりを口に入れた。

留美夫は食事を終えると、すでに屈伸運動を始めている添乗員のそばに行った。

「さっきのつづきなんですが、添乗員さんはどうして道順がわかるんですか?」

添乗員は運動をやめると、腰を伸ばし、苦笑しながら言った。

「そんなにお知りになりたいのなら、仕方がないですね。実は、かつて山荘に行った若者の手記がありまして、それを参考にしているのです」

「えっ、そんなものを頼りにしてるんですか?」

留美夫は正直言って驚いた。その小冊子は民宿の食堂に何冊か積み上げられており、彼自身、ざっと目を通していたからだ。

添乗員は背広の内ポケットから小冊子を取り出したが、留美夫が参考のために持ってきたものと同じだった。

「ここに若者が樹海の中をさまよいながら山荘へ行く過程が記されています。若者は例の作家の事件に興味を持ち、調べようと思ったんですね。民宿に置いてありましたから、お

読みになった方もいらっしゃるでしょう」

彼は小冊子をぱらぱらとめくり、確認するように目を通した。

「実は僕もそれをざっと読んだんですけど、あまり参考にはならないと思いました」

留美夫は言った。「というか、明らかにおかしな記述があるんです」

「ほう、それはどういうことでしょう?」

添乗員が怪訝《けげん》な顔をして訊ねた。

留美夫も小冊子を取り出し、該当箇所を示した。

『遭難記』

……樹海に入る。頭上を覆う鬱蒼とした森。太陽は中天高く昇っているというのに、密生した枝葉が太陽の光線を遮っているのだ。じめじめとして、とても暗く、そして寒い。

僕はもうここに来たことを後悔しはじめている。

いや、弱気になってはいけない。僕には、あの悲惨な事件を研究する仕事があるのだ。樹海の中のあの山荘で一体何が起こったのか、実際に現場に立って、彼らの意識を体験し、それをつぶさに記録するのだ。

小説家はスランプを打開するため、閑静な環境の場所を求めていたという。現地に一人で暮らすよりはいっそのこと家族とともに住んでしまえと一年間、誰も住まなくなった廃屋を借りることにした。彼の妻も画家なので、四季折々の景色を絵に止《とど》めることに積極的で、夫婦の利害が一致したことになる。それに二人の娘はまだ就学前で、人里から隔絶された場所に住んでも、それほど困ることはなかったのだ。

もともと山荘は森の周縁部にあったが、事件後、誰も寄りつかなくなり、森に吸収される形で呑みこまれ、地図でさえ、その位置がわかりにくくなっていた。

しかし、目印さえつけておけば心配はない。僕は黄色い紐を約三十メートルおきに枝に

結びつけて、森の奥へ奥へと進んでいったのだ。

…………

「何か問題がありますか？」

添乗員は小冊子の該当箇所を読んだ後に言った。

「目印なんか、どこにもないですよね」

「ははあ、この若者が帰り道がわかるよう、結んでいた目印のことですね？」

「当時のものなんか、残ってるわけないのに、添乗員さんはどうしてここまで来られたのか、僕には謎です。それに……」

「それに、何でしょう？」

「添乗員さんは、帰りのための目印をつけていませんね」

「ああ、その理由は、お客さまも承知しておられるでしょうが」

添乗員は当然知っているものとして答えた。しかし、留美夫にはその理由はわからない。

「お申しこみを受けた時点で、当社としてはそれを了解していただいたと受け取っております」

「いいえ、僕にはよくわかりません」

「なぜですか？」

添乗員は怪訝な顔で言った。

「なぜなら、僕はこのツアーに参加するよう指示されたからです」

「もしかして、お客さまは……」

添乗員は困惑げに眉間にしわを寄せた。「この特殊なツアーの意味を知らないのですか?」

「ミステリー・ツアーということは知ってますよ。目的地がわからないツアーでしょ。料金が四万九千八百円と聞いてますけど、それにしては内容が少しお粗末のような気がします」

留美夫は言ってから、よけいなことを口走ってしまったと後悔した。

案の定、添乗員が気分を害したような顔をした。だが、言ってしまった以上、あとには引けなかった。

「どうしてですか?」

「だって、昨日の宿泊は民宿でしたよ。相部屋だったし、あの料理の内容を見たら、どう高く評価しても六千円くらいが妥当でしょう」

「それは、民宿の主人の話込みの料金です。それに、その『遭難記』の代金も含まれます。自費出版ですから、お金がかかってるんです」

こんな本、いらないよと言いたかったし、客の中にこの本を持ち出した者がどれだけいるのか疑問だった。しかし、留美夫は怒りをぐっと呑みこんだ。ただ単に道中の目印につ

いて質問したことが、ツアーそのものに対する不満にふくれあがってしまったのであって、添乗員を非難するのは彼の本意ではなかったからだ。

彼自身、恋人に会うのが究極の目的であり、旅の最後で彼女が待っていることを思えば、樹海の中を歩くことなんか全然苦にならなかった。問題は、このような危険な樹海の中を無事に目的地に辿り着けるのかどうかの一点だった。添乗員は目的もなく、ただ闇雲に歩いているような気がしてならないのだ。

添乗員はそんな留美夫の不満が他の客に波及するのを恐れたのか、慌てて言葉を付け加えた。実際、何人かの客が彼らの会話に耳をすましていたからだ。

「ああ、どうも失礼しました。その値段の秘密は今夜の宿にあります」

「だって、それは惨劇の舞台になったところでしょ?」と留美夫。

「今は宿泊できるよう改装されています」

「じゃあ、それが価格の秘密?」

「そう受け取っていただいていいでしょう」

添乗員はまわりの客に聞こえるように言った。「今夜の宿は必ずやみなさまを満足させることをここに保証いたします。このような樹海を何時間も歩いておりますが、それを耐え抜いた後に、至福の時が待っていることをお約束します。すばらしい晩餐《ばんさん》と最高級のワインが待っています。どうか、私を信じてください。私についてきてくだされればいいので

す。ただし……」

　添乗員が最後に付け加えた「ただし」の調子は強く、その後につづくべき言葉を聞く者に不安を覚えさせた。

「ただし、途中で脱落した場合、この約束が守られる保証はありません」

「じゃあ、脱落した人には死が待っていると？」

「何度も申し上げているように、そうとっていただいてかまいません」

「でも、脱落者が出た場合、その人に目印の位置を教えてくれるんでしょ？」

「それは……」

　添乗員が困惑げに顔をしかめた時、誰かが留美夫に声をかけてきた。

「君、それはその時になって考えればいい」

　坂崎が口を挟んだ。「私がその脱落者第一号になったら、自分のことは自分で考える。目印なんか教えてもらう必要はないよ。それでいいんじゃないのかな。この歳になったら、命なんか惜しくないし、大抵のことにはへこたれないよ」

　その時、誰かの凄《すさ》まじい叫び声がした。その調子がただならないので、その場にいる全員が声のしたほうを向いた。

　それは人間の声ではなくて、鴉のものだった。広場のはずれの大きな木の根方に二羽の鴉が降り立ち、何かに向かって羽を大きく広げ、威嚇《いかく》するように攻撃を仕掛けていたの

だ。

「ああ、臭いわ」

水商売風の女が鼻にハンカチをあてた。鴉のいるほうから腐臭まじりの風が吹いてきた。

「これは死体のにおいだよ」

坂崎が平然と言った。「おそらく、自殺者のものだと思う」

「調べてきましょう」

添乗員が言って、鴉のいるほうへ急ぎ足で向かった。留美夫も好奇心に駆られて、そのあとを追った。せっかく見つけた獲物を横取りされると思ったのか、鴉が怒ったように鳴きながら飛び上がり、上空を旋回した。

樫《かし》のような大木の根方の部分が腐って大きな穴になっていた。少し離れた位置からもそこに白い人形のようなものが倒れているのが見えた。グレーのズボンに白のワイシャツを着た中年の男の死体。会社のために死にもの狂いで働き、結局疲れきって、この森に来た。ハイキングのために来たのではないことは明白だった。企業戦士の壮烈な死だった。いや、哀れな末路と言い換えるべきだろう。

「それにしても、こんな樹海の奥までよく来たよな」

富岡裕介がばかにしたように言った。「首を吊るなら、他でもできるだろうに」

「そりゃ、君。樹海に入って迷ってしまったんだよ」

坂崎は悟りきったように言う。「相当数の自殺志願者は、樹海に入った途端、恐れをなして自殺をとりやめるそうだ。でもね、いったん入ってしまうと、森から抜けようとしても抜けられない。結局、樹海の中で死んでしまうというわけだ」

「じゃあ、この男もそのタイプかもな」と富岡。

死んだ男は顔を苦しそうに歪めており、鴉に眼球をつつかれたのか目の部分が空洞になっていた。

「もし俺が死ぬなら、さっさとやっちまいたいな。暗い森の中で道に迷ったら、頭が変になってしまうよ」

死体のまわりには、胸糞《むなくそ》悪くなるようなにおいが立ちこめている。オタク風の長髪の若者がその場から離れていって、くさむらに吐いた。

「ふうむ、死後二週間といったところかな」

坂崎が死体に触れずに言った。「言っとくけど、私は医者なんだよ」

「おや、そんな先生がどうしてこの貧乏臭いツアーに?」

富岡が露骨に皮肉をこめた口調で訊ねた。

「君には言いたくないし、言う理由もない」

坂崎は吐き捨てるように言い、むっつりと黙りこんだ。

木のそばには、「臭い」と言った女以外は来ていた。影の薄い二十代の女でさえ、ハンカチで鼻を押さえながら、食い入るように死体を見つめている。喪服のような背広を着た男は両手を合わせ、念仏を唱えていた。

「こんな死に方はしたくないな」

白髪の中年男がつぶやくように言った。「途中で脱落したら、こうなってしまうかも」

「あなた。わたし、こんなところで死にたくないわ」

医師の妻が悲痛な声で言った。

「もう遅いよ。スタートしちゃったんだから、今さら引き返せない」

夫はしらけたように答えた。「ここで脱落するか、最後まで頑張るか。選択肢が二つしかないとしたら、おまえはどうする?」

坂崎の妻の答えを聞かないうちに、添乗員が一声高く言い放った。

「それでは、出発いたします。あと数時間、頑張ってください。苦労の後に温かいお風呂もありますし、おいしい食事も用意してあります」

添乗員が旗を振り上げると、一行は無言のまま歩き出した。

添乗員の足取りはいささかも乱れることなく、足元の不安定な樹海の大地を進んでいった。時刻は午後一時をまわったばかりである。

さっきの腐乱死体を発見したことで、あんな死に方はごめんだという意識がメンバーの中に芽生えたのか、脱落者が出ることはなかった。今夜のごちそうにありつきたいという気持ちが彼らの背中を押したのではないかと留美夫は思った。

しかし、彼の疑問はいっこうに解決されていない。添乗員はどんな目印を見て、先へ進んでいるのか。本当はそんなものはなく、目的もなく歩いて、メンバーをただ連れまわしているだけではないかという疑念も拭《ぬぐ》いきれなかった。

まやかしのミステリー・ツアー。そうならなければいいのだが。杞憂《きゆう》に終わってほしい。

留美夫の後ろを歩く中年肥満男が遅れだした。

5

殺人者はひどく疲れていた。

この連中を一人一人殺していきたいが、樹海の中では殺せないと思っていた。殺すのは簡単だ。背負っている荷物の中から鋭利な刃物を取り出し、一人一人刺していけばいいのだから。

しかし、皆殺しにしてしまったら、残った自分はどうなってしまうのか。行き場を失

い、このろくでもない森の中で道に迷い、野垂れ死にしてしまうのだ。そんなことは、小学生にだってわかる。

だから、添乗員のあとをてくてくと歩いている。まるで小学生の遠足だ。途中で脱落したら、即、死が待っている。この自分だって、もし体調を崩したり、転んで足を挫《くじ》いたりすれば、置き去りにされてしまうのだ。油断はできない。

興味を持って参加したツアーだった。長い間にわたってストレスを溜め、それが臨界点に達しそうだった。その捌《は》け口として選んだツアーだ。どのような結末を迎えるのか、この目で確認して、最後の仕上げとして殺人をやろうと考えていた。

だが、その前に殺人者の自分が死んでしまったら、笑い話にもならない。

究極の目的は二人の人間だ。その二人を血祭りにあげるために、山荘へ行かなくてはならなかった。他の連中はそのついでだ。最後の仕上げの前の腕試し、刺身のツマくらいの感覚だった。

ツアーのばかどもは、殺人者がメンバーの中にまぎれているだなんて夢にも思わないだろう。しかし、奴らを簡単に死なせはしない。それなりの死に方があるのだ。殺人は芸術。恐怖に直面して、悲鳴を精一杯張り上げて死んでいってほしい。

殺人者は……。

いや、まだ自分は殺人者ではない。これまで人を殺したいと思ったことはあるが、実際

に行動に移したわけではなかった。正確には殺人願望者ということになる。

疲れがピークに達していた。こんなばかげたハイキングはやめにしてほしかった。しかし、ついていかなくては、自分が死んでしまうのだ。殺人者が樹海の中で途方に暮れて餓死するなんて……。ハハハ。

目的を遂げた後、このろくでもない樹海から脱出する。添乗員だけを生かしておいて帰りの道案内をさせるのだ。ここで人を殺しても、誰にもわからない。犯罪自体が露顕《ろけん》しないのだ。だから、このツアーに参加したのだった。

ツアー自体、常軌を逸している。この自分もね。

6

土井隆造《りゅうぞう》は、体力をかなり消耗していた。

このところ、食欲がなく、最悪の体調だった。心配事が多く、寝不足もつづいている。

昨夜は薄汚い民宿で、しかも相部屋だったので、神経質な彼はほとんど眠れなかった。相部屋の相手がオタク風の若者で、薄気味悪かった。バスに乗った時から、食事と風呂以外はずっとゲームと携帯電話を手離さないようなくだらない奴だ。

「どこから来たの？　何でこんなツアーに参加したの？」

と土井は訊ねたが、相手の事情を特に知りたいと思ったわけではなかった。ただの挨拶程度のつもりだった。

「別に。ただ何となく……」

相手はつまらなそうにそう答えるだけで、土井がその場にいないようにふるまった。実際、自分以外の存在は目に入らないのだろう。おまえなんか、くたばって死ねと言いたかった。

民宿の朝食はひどく粗末なもので、食べる気もしなかった。肥満した体は、食べなくても痩せることはなく、空気太りのような感じで重くなっていく。体力が落ちているこんな状況で樹海の中を歩くなんて無茶だ。主治医がこのことを知ったら、すぐにやめて引き返せとアドバイスするだろう。

まあ、俺はもうすぐ死ぬのだろう。人間、どうせ死ぬのだ。それが早いか遅いかの違い。そう思えば、少しは気楽になるのだが、この樹海は何なんだ。こんなふざけた場所に連れてきやがって。

ツアー会社を信じた俺が愚かだった。樹海の中の山荘。そんなもの、最初から存在しないにちがいない。添乗員は樹海を連れまわして、全員がくたばるのを待っているのだ。そう思いたくもなるではないか。

昼食も疲れすぎていて、食欲がなく、ろくにとっていない。あの広場で野垂れ死んだ男

を見たことで胸がむかつき、たとえ食べていたとしても、吐いていたかもしれなかった。実際、吐いている者がいた。あのゲーム狂のくそがきだ。

急にばかばかしくなった。

このまま列を離脱しようか。今、彼は最後尾にいた。彼のすぐ前にギリシア彫像のように端整な顔をした美男子がいた。昼食前までは後ろをさかんに気にしていたが、今は自分のことだけを気にかけている。よけいなおせっかいがなくて、喜ばしいことだ。

そろそろ脱落するか。たぶん、あと二回くらい休憩をとるはずだから、先はまだ長い。どうせ脱落するのだ。それを早くするか遅くするかの違いだった。

体力の限界が近づいていた。

でこぼこ道は注意していないと、転んでしまう。休息できるような適当な場所がどこかにないだろうか。

背中の荷物がずっしりと重くのしかかる。この中に一日分の着替えの他に、勤めている信用金庫から持ち出したものがあった。客からの預かり金一千万円だ。

土井はギャンブル好きだった。競馬、パチンコなどに金をつぎこみ、大負けしては借金を繰り返した。消費者金融に手を出してから、借金は雪だるま式に増えていった。町の闇金に手を出し、もうどうにもならなくなった。自転車操業。ついに客からの預かり金に手をつけてしまった。露顕するのは時間の問題だった。次の監査でばれれば、そのまま馘《かく》

首《しゅ》、警察に突き出されるだろう。

幸いにも、五年前に妻と離婚して、子供は妻の姓を名乗っている。小学五年の子供は親父がつまらない犯罪者になっても、母親から教えられることもないし、他の子供にいじめられることもないだろう。

そういう意味では、俺が何をしようが、どこへ逃げようが、あいつらに関係はないだろう。使いこみが発覚して、しばらくの間、騒がしくなるだろうが、俺の行き先は誰も知らない。ミステリー・ツアーに参加したでぶの中年男のことなんか、民宿の主人でさえ覚えていないにちがいない。

いつことが露顕するかを心配して眠れない夜がつづいていた。最初、フィリピンあたりに高飛びしようかと思っていた。行きつけのパブにいた不法就労のフィリピン女とねんごろになっていたからだ。しかし、肥満気味の彼は暑さと湿気が苦手だった。一年中、高温、高湿度のところにいることを考えただけで、震えが走る。暑いところで震えるなんて、駄洒落《だじゃれ》にもならないと思う。

最後をどこかの温泉の名旅館でぱあっとやろうと思ったが、それも虚しかった。最後のわからないツアーのほうがまだ先の予測がつかないので、俺には向いているかと思った。

だが、こんな樹海を連れまわされるとは思いもしなかった。

土井は自然な形で歩幅を縮め、前の若者との距離をとり始めた。あいつはまだ気づいて

いない。そのまま静かにフェイドアウトだ。

どこまで歩いても同じ殺伐とした景色。太陽はまだ高くあるのに、ここではもう宵闇の気配が空気に滲み始めている。夜の間、一人でいるのはつらいが、その前に死んでしまおうと思った。

列の最後が左へ折れるのを見てから、土井は右の常緑樹が少し密集したところへ入った。そこは樹海の中でもさらに暗く、じめじめしていた。

7

昼食から一時間がたとうとしていた。

十番目を歩く留美夫は背後の気配がしないことにようやく気づいた。ふり返ると、太った中年男の姿は消えていた。

「すみません。ストップ。添乗員さん」

前を歩く者の動きが止まり、それが次々に前のメンバーへと伝播《でんぱ》していった。

「何でしょう。滝川さん」

添乗員が小走りにもどってきた。

「最後の人がいなくなっています。添乗員さんの話では、脱落した人は放置していくとい

うことだったんですけど、それはあんまりだと思いませんか？」

「ああ、土井さんですか。仕方がないですね」

添乗員は腕時計に目をやり、ふっと吐息をついた。「そろそろ休憩の時間ですね。この辺で十五分ほど休みましょう。すぐそこに広場がありますから、みなさんはそこで適当に休憩をとってください」

確かに前方、木立の向こう側にまた開けたような場所が見えた。

「脱落した人は、置いていきますと言いましたけど、それはみなさんの心がまえを確認するためです。体調が悪い人には、できるだけ配慮するつもりでおります」

添乗員は、「十分ほど探してみます」と言って、脱落者を探しに今来た道をもどっていった。二、三人が休息をとるために広場のほうへ向かう一方、何人かが小用を足すために森の中に散っていった。

留美夫も土井の名前を呼びながら、森の中に入っていった。だが、深入りすると、自分も迷いかねないので、広場が見える範囲をまわるだけにした。

8

土井隆造はすっかり疲れきっていたが、笹が密集しているところを見つけた。そこは、

笹がなぜか倒れており、一人くらい寝るのに都合がよさそうだった。

荷物を下ろすと、すぐに寝ころんだ。笹の葉がほどよいクッションがわりになり、横になった瞬間、睡魔が襲ってきた。体力の限界を超えていたのだ。あのままついていったら、間違いなく倒れていただろう。そうしたら、おせっかいな若者が、俺の体をおぶっていくかもしれなかった。そうまでして生きていたくない。

これでよかったのだ。樹海を脱出しても、警察に捕まるだけだ。窮屈な刑務所で何年もすごすなんて、考えただけでもぞっとする。今は眠くてたまらない。昨日まで不眠に悩んでいたのが嘘のようだった。目が覚めたら夜になっているだろうが、どうせ俺は死ぬのだ。どうでもいい。

その時、ふっと人の気配を感じた。

あのおせっかいな若者が、俺の遅れに気づいてもどってきたのか。もういいよ。こっちは体力の限界なんだ。俺が死んでも、別れた女房子供は悲しまないだろう。悲しむのは、俺に金を持ち逃げされたあの老人だけ。彼の勤め先の支店長は「持ち逃げは個人の犯罪であり、当信用金庫に責任はありません」と主張するだろう。

「ふん、どこまでも汚い奴らだ」

思わず独り言が口から漏れる。

「おまえもな」

「誰だ」と言った瞬間、首に熱いものを感じた。

あれっ、喉から血が流れているぞ。どうしたんだよ。

「死なしてやる。喜べ」

笑い声。それから、「土井さん」と呼びかける声がどこかから聞こえてきた。彼は自分が今どのような状況にあるのか、瞬時にして悟った。

列から離れなければよかった。こんな死に方は最悪だ。

「た・す・け……」

言葉が途中で出なくなった。水槽の浄化装置のようにごぼごぼと鳴っている。自分の喉が、うちの金魚の水槽のように。

娘がまだ小さい頃、縁日の金魚すくいで十匹とったことを彼は思い出した。「パパ、すごいね」と娘に言われ、大いに気をよくしたものだ。その翌日、金魚の水槽と水の浄化装置を買ってきて、リビングルームに設置した。

「パパ、金魚さん、かわいいね」

あの頃は、娘の笑顔を見ると仕事のストレスが吹っ飛んでしまったものだ。泡がぶくぶくぶくぶく……。「金魚さん、酸素がもらえて嬉しいね。ねえ、パパ?」

最初のうちは彼が面倒を見ていたが、会社が忙しくなって、金魚にかまわなくなってしまってから、水槽の水はアオコで汚れ、金魚は苦しそうにあえぎながら泳いでいた。月に

一度か二度の水替えの手入れを怠《おこた》ったことから、浄化装置はただ汚い水をかきまわすだけの道具になりはててしまったのだ。

やがて、一匹、二匹と金魚は死に、遂に最後の一匹になってしまった。痩せ細った金魚。苦しそうに狭い水槽の中を泳いでいた金魚。

泡がぶくぶくぶく……。

彼の喉もぶくぶくぶく……。

ああ、こんなことで死にたくないよ。最後に思ったのは、娘のことではなく、最後に残った痩せた金魚だった。おまえ、悪いことをしたな。水を取り替えてやればよかった。

…………

9

「土井さんは見つかりませんでした」

添乗員は腕時計に目を落とし、少し残念そうに言った。「心苦しいのですが、我々は出発しなくてはなりません」

「もう少し待つわけにはいかないのかね?」

医師の坂崎が言った。

「あと二時間もすれば日没です。樹海の中ですから、暗くなるのはもう少し早いと思います。ですから……」

添乗員のまわりには、いなくなった土井以外のツアー客九人が集まっていた。〃喪服〃の男は目を閉じ、両手を合わせている。

「わたし、こんなところで死ぬのはいや」

水商売風の女が言った。「こんな怖いところで夜を明かすなんて、ごめんだわ」

「城《じょう》ヶ島《しま》さまのおっしゃるとおりです」

添乗員は我が意を得たりとうなずいた。「遅くなりますと、私を含めて全員が遭難することも考えられます。ここは最初に申し上げたとおり、脱落したら置いていくということを再確認したいと思います。一人を選ぶか、残り九人の安全を選ぶか。ご理解いただきたいですね」

添乗員は彼の意図が全員に伝わるのを待った。無言の同意がもどってきたので、彼は大きくうなずいた。

「では、出発します。まもなく川に出ます。そこを遡っていけば、本日の宿泊場所に到着できるはずです」

「あとどのくらいかね?」と坂崎医師。

「約二時間と見てください。あとは太陽との競争です。日没が早いか、我々の到着が早い

か。今、ちょっと微妙な状況です」

「日没が早いと、どうなるの？」

「道がわからなくなるおそれがあります。そうなってはいけないので、急がなくてはならないのです」

添乗員はきっぱり言うと、先頭に立って歩きだした。これ以降、落伍者の面倒は見きれないとその背中に書いてあるようだった。

列の並びは、さっきと異なっていた。富岡と留美夫が最後になり、自然、列から脱落する者を補佐する形になった。足を引きずっていた坂崎医師も、添乗員が発破《はっぱ》をかけてから力を取りもどしたようだった。むしろ、妻のほうが疲労の色が濃く、夫から遅れるたびに慌てたようについていった。

昼頃まで葉の間からのぞいていた太陽の光が弱まっている。見上げると、樹木の葉越しに見える空は曇っている。明るさも歩くにしたがって減じていくように思えた。

森の中には道がない。ただ添乗員のあとを追っているにすぎないのだ。疲れに比例して背中の荷物も重くなっているような気がした。

歩いても歩いても道がなかった。『遭難記』に次のような一節がある。

……歩いても歩いても道はなかった。僕はひたすら苔《こけ》の上を歩いていく。不安だ。とても不安だ。僕は間違った道を通っているのだろうか。地図を見ても、磁石が使えないのだから、全然頼りにならない。右を向いても左を向いても、前後を見ても、景色はほとんど変わらないのだ。不気味なほど同じ景色、無表情な針葉樹。………

腹がへった。死ぬほどへった。そろそろ飯を食べよう。

そう思って、適当な休憩場所を探したが、見つからなかった。地表はじめじめしているし、座れるような木の切り株もない。

その時、僕は人の気配を感じた。殺気といってもいい。

嘘だ。こんなところに人がいるはずがない。誰かが僕を待ち伏せしているのだろうか。

まさか、そんなはずはないだろう。

………

と思ったその時、僕はいやなものを見てしまった。

ああ、こんなところでよくやるよ。

そう、自殺者だ。左手前方の大木の枝にロープが結びつけてあり、そこに人がぶら下がっていたのだ。

作家の殺人事件を調べにいった若者が、首吊り死体を発見した場面だ。歩いているところの感じが似ていたので、留美夫は何となくそのシーンを思い出していた。

その時、留美夫は何の気なしに左手前方を見た。

大きな木が立っていた。その枝に白い何かがぶら下がっている。

「ま、まさか……」

偶然の符合というか、あまりにもタイミングがよすぎた。

「どうした？」

前を歩く富岡裕介がふり返り、留美夫の視線を追った。「おっとっと、首吊り人か」

「添乗員さんに報告しましょうか？」

「やめとけ。またみんなを怖がらせるだけだし、俺たちにはいちいち立ち止まって見ている時間はないんだ」

富岡の言うのももっともだった。添乗員は気づいていたかもしれないが、ツアー客へ与えるショックが大きいので、黙っているとも考えられた。

「ねえ、それより君の荷物、朝からずっと気になってるんだけど、何が入ってるの？」

富岡が留美夫と横並びになり、荷物に触れてきた。「まるで生首でも入ってるみたいじゃないか」

「さわらないでください。これは彼女にわたす大事なものなんですから」

「ふうん」と首を傾《かし》げながら、富岡は前を歩きだした。

そのうちに、川の流れる音が聞こえてきた。留美夫だけではなく、他の連中の耳にも届いていた。

誰かが「川だ」と叫んでいる。

添乗員の足が心なしか軽くなったようだ。

「みなさん。ついに川に着いたようです。私の辿っている道が間違っていなかったのが、これで証明されました。川の水はきれいですから飲めますよ。そこで十分ほど休憩をとります」

方角はまったくわからないが、川の上流に向かっていけば、目的地に到達できるはずだ。一行の疲労はピークに近かったが、あと少しの辛抱だと思うと、意気が高揚してきたようだ。

留美夫は川に手を差しこんでみた。凍るように冷たかった。独立峰に積もった大量の雪が地中に染みこみ、気の遠くなるような長い年月をかけて濾過《ろか》され、地上に現れた伏流水。口をつけると、さすがにうまく、喉の渇きが癒《い》えた。あと少しで、樹海にも冬が訪れる。この水は凍結しないで、流れつづけるのであろうか。

水を飲んでいる時、留美夫はまた誰かの視線を感じた。視線に殺傷能力があるのなら

ば、彼の体はずたずたに切り裂かれていただろう。まわりを見まわしたが、今度は誰も彼を監視していなかった。彼は気のせいだと思い、冷たい水で顔を洗った。

十分の休憩をとり、最初のうちは意気揚々と出発した彼らだったが、時間がたつとともに、また元の寡黙《かもく》な集団になった。歩くごとに闇の中の小さな黒い粒子が増えていった。小さな粒子が集まって、闇の濃度は密になっていく。

川の音が遠ざかったり近づいたり、道なき道を添乗員は勝手知ったように歩いていく。途中、休憩を挟むことなく、一行は樹海の奥へ奥へと進んでいった。

川はなくなったが、添乗員は後ろをふり返ることなく、その動きを速めた。一人一人の間隔が次第に離れていく。最後尾の留美夫のところからすでに添乗員の姿は見えなかった。

暗くなって視界が狭まっているのだ。やがて足元さえ満足に見えなくなってきた。時刻は三時五十八分。下界なら、四時半には暗くなってしまう。ここではもっと早く夜が訪れる。

不安が高まってきた時、不意に開けた場所に出た。

車がやっと一台通れるほどの未舗装の道だった。

「みなさん、もうすぐのようです。この道を右へしばらく行くと、本日の宿が待っていま

す」

「ああ、よかった」と誰かが応じた。

緊張感が一瞬にして解けて、ほっとした空気が流れた。

「添乗員さん、左へ行くと外の道へ出られるのかね?」

坂崎が訊いた。

「昔は行けたらしいですが、今は途中で森に呑みこまれているという話です。ここでは手入れを怠ると、すぐ樹海にとりこまれてしまうんですね」

「なるほど、簡単に樹海の外へ出られないってことか。我々は山荘へ進むのみだな」

「ええと、全員、いらっしゃいますか?」

添乗員はメンバーを人差し指で数えだしたが、首を傾げてもう一度数えた。

「おかしいですね。八人しかいません」

確かに、添乗員を含めて九人しかいなかった。「ええと、いらっしゃらないのは……。玉沢《たまざわ》さんでしょうか?」

添乗員は今出てきた森に向かって「玉沢さん」と呼びかけた。応答はない。

「どなたか、玉沢さんを見た方は?」

「玉沢さんって?」と城ヶ島という色っぽい女が聞いた。

「二十歳くらいの男の方です。長髪の……」

「ああ、ゲームばかりやってた?」

その男なら、前のほうを歩いていたはずだ。

「わたし全然気づきませんでした」

影の薄い女が自信なさそうに言った。

留美夫自身も、先頭の添乗員を見通すことはできなかったし、間のメンバーも見ていない。自分が転ばないようにするのに精一杯だったからだ。

「それより、添乗員さん。急いだほうがいいよ。完全に真っ暗になったら、俺たちもやばいからさ」

皮肉屋の富岡が言った。「こんなところで遭難するのはごめんだな。宿を目前にして全員死亡だなんてね」

「そうですね。女性なら心配ですが、玉沢さんは体力のある若い男性なので、ここは先へ進みましょう。みなさん、異存はないですね?」

添乗員は、ますます暗くなる樹海の上空を見た。鬱蒼とした枝に覆われて、空を透かして見ることはできなかった。ただ、曇り空で、時間とともに雲が分厚くなっているのがわかった。

「十分だけ休憩します。それからは三十分ほど歩きます」

添乗員は腕時計を見て言った。

10

玉沢祐司《ゆうじ》は自殺した男を見た時、とうとう我慢ができなくなって、列から離れ、くさむらに吐いた。にぎり飯の残骸と胃液をミックスした、すえた不快なにおいがあたりに立ちこめた。それを嗅《か》いで、ますます気分が悪くなった。

このツアーはばかげている。

ミステリー・ツアー。最終目的地がわからないといっても、結局、行くところは同じはずだ。弱虫どもが楽をして参加するツアーだと彼は思っていた。

「僕自身も弱虫だけど……」

新宿の集合場所で待機していたバスに乗り、向かった先がしけた民宿。ここで旅をやめるべきだった。民宿で代金の払い戻しがないと聞いて、仕方なくついてきたわけだ。ろくでもない樹海に。四万九千八百円なんか、恐喝に遭ってまきあげられたか、落としたくらいに考えればよかったのだ。

時間のつぶしようがないので、民宿やバスではゲームをやっていたが、樹海の中ではそれもできなかった。おまけに携帯電話が使えないどうしようもないところだった。

こんな樹海から出ようにも、一人では無理だった。

にっちもさっちもいかない閉塞状況。

ばかなことをしてしまった。こんなことなら、ネットカフェにいたほうがよかった。

この半年、ネットカフェで寝泊まりしている。田舎を出てきたのが二年前。高校を卒業して、都会に出たら何かできるのではないかと安易な気持ちでいたのだ。

何もなかった。本当に何もなかったよ。

最初はバイト。家賃一万三千円、共同便所付きのアパートに入居して、コンビニでバイトしながら暮らした。それでも食うのがやっとだった。何かになりたいなんて気持ちはさらさらなかった。ただ田舎暮らしがいやだったのだ。おふくろの連れ子として、その家に入ったが、おふくろは義理の父親との間に二人の子供をもうけた。

当然、どういう結果になるかわかるよね。

僕なんか不要な存在。継父どころか実母にも年中殴られ、飯を抜かれ、肉体的精神的な暴行を受けた。おふくろにとっても邪魔な存在であるのがわかったから、僕は高校を出るとそのまま黙って家を出てきたのだ。

何もやりたくない。ただ、あの家を出たかっただけ。

家を出る時、おやじの金を五万円くすねてきた。それを交通費と一ヵ月分の家賃に使った。今考えると、よく入居できたと思うよ。新宿の駅で古雑誌を売っていた中年男に連れられて、そこに入ったのだ。

でも、すぐに金が底をついた。それからは、公園に寝泊まりしたりしながら、たまに肉体労働で金を稼いだ。働くのは基本的に嫌いだった。公園はもっと嫌いだった。だから、ネットカフェにした。少しはきれいだから。

しかし、もう限界だな。疲れた。都会の片隅で暮らすのはもう飽きた。

そんな時に見つけた、このツアー。料金が高かったけれど、心が動いた。どこへ行くのかわからないこの僕にぴったりじゃないか。

胸がわくわくしたのは、バスに乗るまでだった。乗ってみて、みんな、しけた奴らであることに気づいた。確かに、医者や金持ちはいるらしい。でも、基本的にろくでもない人間ばかりなのだ。

腹に入れたものをすべて吐き出すと、蟬《せみ》の脱け殻になったような気分になった。

玉沢は大の字になって、大きく深呼吸した。いい空気を吸って、悪い空気を吐き出す。元銀行員のホームレスに教わった精神を安定させる方法。しかし、それを教えてくれた本人が転落するくらいだから、あまり効果はないのだろう。

それでも、彼はやった。

「いい空気を吸って、悪い空気を吐き出す」

もういいか。この辺で。人生をリセットできればいいな。「まあ、僕が言う台詞《せりふ》じゃな

いけど」

　ふと口から漏れた言葉が笑いを誘った。最後に笑ったのはいつだろう。上京してからはもちろんないし、高校の時も中学の時も、小学校や幼稚園に遡っても、記憶になかった。そういえば、学級参観や運動会に両親が来たことはなかったように思う。

　笑いのない時間が人生のほとんど。九十九パーセント以上。それも珍しいかなと思う。僕は生きている価値のない男。貴重な空気を吸い、汚い空気にして地球を汚してきた。

「僕なんか、生きていても仕方がないんだ。存在する意味がないからね」

　声に出すと、気持ちが落ち着いた。そうだ、もっと早く気づくべきだった。口にすることで、心の屈託が少しずつ解けるように思った。二十年間、人とほとんどしゃべらず、無口で何を考えているのかわからない人間と思われていた。

「僕の存在意義は何だったんだ」

　声を少し大きくしてみた。樹海の中で他人の目を気にしてどうするんだ。そうだ、そうだ。誰も聞いてやしない。あの連中もずっと向こうに行ってしまったはずだ。無事に今夜の宿に着くことを祈るぜ。

「僕の存在意義は何なんだ?」

　哲学的な問答に答える者は誰もいない。聞いているのは樹海だけ。森の中に潜んできた闇の気配が、彼の質問を吸収し、巨大な肺腑《はいふ》の中に取りこんだだけ。そして、虚しい沈黙

だけが残った。

「僕は何のために生きてきたんだろう」

発する声が次第に高くなる。誰も聞いていないということがわかっているので、大胆になってきた。これまでの人生、びくびくとしすぎていたようだ。

「僕は何のために生きてきたんだと思う？　僕の人生はむだだったのかな」

樹海に向かって、大声で叫んだ。

その時、玉沢は近くに人の気配を感じた。こんなところに人がいるはずがない。

「人生がむだだなんてことはないよ。あなたにだって、この世に存在した意義がある」

その声を一度だけ聞いたような気がする。

木の陰から、その人物が姿を現した。ツアーの中にいた人間だった。

「あ、聞いてたんですか？」

「ええ、聞かせてもらいました」

「恥ずかしいですね」

「そんなことはないです。あなたにも存在価値があります。立派に生きてきた証《あかし》をみんなに見せられないのは残念だけど、私がそれを見ておきます」

「どういう意味ですか？」

「こういう意味です」

いきなりその人物の背中からナイフのようなものが出された。危ないと思って防御する時間さえなかった。玉沢祐司の首を鋭利な刃物が鳥の羽で撫でるようにやさしく触れた。しかし、頸動脈を切断するくらいに深く。

「君の存在意義。それは殺されることだったんです、面白半分にね。南無阿弥陀仏《なむあみだぶつ》」

軽蔑《けいべつ》した響きのある笑い声とともにかけられた言葉は、玉沢の全身を粟立《あわだ》たせた。脳から「逃げろ」という指令が出されたが、時すでに遅し。

こんなはずじゃなかったのに。こんな最悪の結末は考えていなかった。樹海を出て再出発しようと思っていたのに。

指令が全身に行きわたらないうちに彼は息絶えた。玉沢祐司、享年二十一。

…………

11

道に出たところで十分だけ休憩をとってから、あとはずっと歩きづめだった。あと三十分と言われて、少し足が楽になったような気がしたが、実際は一時間歩いても、山荘に到着しなかった。午後四時五十五分、日はとっぷりと暮れているが、闇に慣れてきた目に道だけがおぼろげに白く見えていた。

樹海の中だったら、おそらくこうはいかないだろう。いくら目が慣れてきても、あの独特の暗闇を透かしてものを見ることは不可能だ。道に出てラッキーだったと思わなくてはならなかった。だが、その道にしても、ところどころ陥没したり、側面の土が崩れて道をふさいだりしているので、注意して歩く必要はあった。

暗さの密度は増していき、どこから吹いてくるのかわからないが、冷たい風が樹海の中を流れていた。

誰もが黙々と歩いている。足音だけが樹海の沈黙を強調しているかのようだ。人の手が入った道路。文明の力が入った道、それだけが心の支えだった。

だが、坂崎の妻がついに動けなくなった。足の悪い夫が背負おうとしたが、数歩進んだだけで、よろめいてしまった。

留美夫はたまらず夫婦に近寄り、「僕に任せてください」と言った。恐縮する坂崎の前で彼は自分の荷物を背中から下ろして手に持ち、坂崎の妻を背負って歩きだした。

それから三十分ほどしてようやく山荘が目の前に現れた。

その家は樹海の中にどっしりと構えていた。

二階建て、大きな三角屋根のログハウスのような造りだった。まさに民宿の主人に聞いていた通りだった。ここでスランプに陥った小説家が自分の家族を惨殺するという事件が

起こったのだというが、この家の佇《たたず》まいを前にすると、それも素直に信じられるのだ。予備知識がなくても、家からは歪んだ気のようなものが周囲に放射されていた。

「着きました、みなさん」

添乗員も呆然としているようだった。「本当にお疲れさまでした。私自身、こんなに長くつらい歩きだとは予想もしていませんでした」

それが添乗員の本音だろう。到着したのが奇跡だと言わんばかりの口ぶりだ。

開けた場所なので、風が冷たく、まもなく到来する厳しい冬を予感させるように、気温がぐんと下がってきていた。

背負っていた坂崎の妻が「もういいです。ありがとう」と言ったので、留美夫は彼女を背中から下ろした。

ここで樹里が待っているのだ。留美夫はそう思いたかったが、人けのないこの家を見て自信を喪失してしまった。どす黒い不安が怒濤《どとう》のように押し寄せてきた。本当に彼女はいるのか。僕はやはり担《かつ》がれているのではないか。

彼は手に持っていた荷物を再び背負った。背中でごろんと荷物が転がった。

携帯電話を開いてみたが、依然通話のできない状態だった。出発前の彼女からのメールが彼に訴えかけてきた。

「ミステリー・ツアーの目的地で待っています」

目が闇に慣れてくると建物の形状やその周辺の様子が何となくわかってきた。星明かりにうっすらと照らされた庭が見えた。さっきまでは曇っていたのに、空は晴れていた。だが、家は暗闇の中に沈んでいた。ここがツアーの目的地ならば、樹里が明かりをつけて彼を歓迎してもよさそうなものなのに。

枯れ草が一面に生え、見る者に荒廃した印象を与えている。

「添乗員さん。本当にここでいいの？」

さすがの富岡も不安そうだった。民宿を出た時は十一人いたメンバーが、樹海の中で二人脱落し、今は九人になっている。添乗員を含めたその九人が建物のポーチの前に立っていた。

ギイイと奇妙な音がした。留美夫がふり返ると、庭の片隅に箱型のブランコがあり、冷たい風に静かに揺れていた。

「では、調べてみましょう」

添乗員が先に立って、ポーチを上がっていった。それから、背広の胸ポケットからペンライトを取り出し、ドアを照らした。真鍮《しんちゆう》の丸いドアノブがライトの中で黄金色の光を放っていた。

「鍵は掛かってるのかね?」

坂崎が訊いた。

「いや、私も初めてなのでよくわかりません」

添乗員は少し躊躇《ちゅうちょ》したようにドアノブを見つめ、それから一気に握ると、引いてみた。

ガリガリ、ガリガリ……と、骨をやすりで削るような音。添乗員はドアを開け、真っ暗な家の中にライトをあてた。そして、壁にいち早くスイッチを見つけると、興奮した様子でオンにした。

ばあんという音がして、玄関ホールが眩《まばゆ》いばかりの明かりに照らされ、ポーチのほうに光が延びてきた。

「みなさん。ご苦労さまです。到着しました」

添乗員の声が朗々《ろうろう》と響いた。

12

ミステリー・ツアーのメンバー九人は、その建物の中に入った。

文明の光の差さない樹海の中を朝からずっと歩いてきたので、人工の光に照らされたその玄関ホールに入った時、全員が一様にほっと安堵の息を漏らした。それは、メンバーの

中にまぎれこんでいる殺人者にとっても同じだった。

森の中で人を殺すことには危険が伴った。こっちもへたをすれば、迷子になるんだから。添乗員を見失ったら、おしまいだと思ったし、危うくそうなるところだった。まさに死と隣り合わせにいたわけだ。あの脱落者の二人は少ない休憩時間にさっさとことをすませなくてはならなかったし……。樹海はもう二度と見たくない。こんな陰気なところで一人っきりになったら、頭が変になってしまうよ。たぶん、飢え死にする前にあっちの世界へ行っちまうだろうね。……とにかく、山荘に辿り着けて、やっと生きた心地がした。腹がへって死にそうだが、夕食の前に一仕事するか。

ホールには暖房は入っていなかったが、冷えきった屋外に比べれば、はるかに温かく感じられた。

「それでは、部屋割りをします。みなさん、お部屋に入って休んでから、夕食ということでいかがでしょうか」

添乗員の提案に異論のある者はいなかった。時刻は午後六時半を少しまわったところだ。民宿を出たのが午前九時前だから、途中何回かの休憩を挟んで約九時間の強行軍だったことになる。磁石が使えない樹海の中で一つの目的地に到達するというのは、まさに至

難のわざ。それを背広に革靴を履いた添乗員が少しの迷いもなく歩き通し、メンバーを引き連れてきたのは、信じられないことだった。

民宿では相部屋だったが、ここでは個室が用意されているという話だった。

「添乗員さん。本当にここって、あの惨劇の舞台になったところなのかしら。それにしてはきれいね」

水商売風の女、城ヶ島が言った。

「城ヶ島さま。その通りです」

城ヶ島はふうんと言いながら首を傾《かし》げる。

「でも、泊まれる部屋があるの？　まさか壁に血の跡があったりなんかして……。うう、ぶるぶる」

「泊まれるように改装してありますから、ご安心ください」

「夕食の後の予定は？　各自、好きにやっていいのかしら？」

「その点につきましては、夕食の時に提案させていただきます。みなさん、いろいろな意見があるかと思います。一人がいい人とか、グループがいい人とか……」

留美夫は二人の会話を聞きながら、別のことが気になっていた。樹里はどうなったのか。彼女は本当にここで待っているのだろうか。その質問は、一刻も早く自室で休みたいと思っている連中の前では、しないほうがいいような気がした。みんなが部屋に入ってか

ら、添乗員に個人的に聞くべきだろう。

「夕食はどうしてもとらなくちゃいけないの?」

「それはご自由です。人数分用意してありますが、食欲のない人とか、その前に用をすませてしまいたい人とか、いろいろいらっしゃるでしょう」

添乗員が語尾を濁すのは、みんなが何かを承知しているからなのか、それともデリケートな問題だと思っているのか、それとも……。

「城ヶ島さまは食欲はありそうですか?」

「すごくお腹が空いたわ。それにお風呂に入って温まりたいし」

城ヶ島は添乗員の顔をのぞきこんだ。「お風呂の用意はあるんでしょ?」

「それは期待しないほうがいいんじゃないか」

皮肉屋の富岡が言った。「こんな樹海の真ん中にある家だよ。文明的なものがあると思うなんて、ぜいたくだよ。俺たちはどうせ……」

彼も言葉を濁した。

「そうねえ。あまり期待すると、何もない時の反動が大きいから」

城ヶ島は苦笑した。「わたし、疲れた。こんなに歩いたの、生まれて初めてよ」

「もう二度と経験できないね」

医師の坂崎が口を挟んだ。「だから、今夜の食事は大事にしよう。そう思わないかね、

おまえ?」

　問いかけられた坂崎の妻は、疲れきっている様子だった。立っているのもやっとで、玄関のドアのわきに体を預けていた。

「ええ、あなた」

「それでは、七時半に食事にしたいと思います。これからボイラーに火を入れますので、お風呂は大丈夫です。ご安心下さい。洗面所の水はお飲みいただけます」

　添乗員に言われたツアー客は、ホールの奥にある階段から二階へ上がっていった。


「添乗員さん。ちょっとお訊ねしたいんですけど」

　留美夫は一階の104号室を割り当てられていたが、最後のメンバーが階段を上がりきってしまうのを確認してから、添乗員に声をかけた。

　添乗員は、あれだけの長い道を迷うことなく先導している間は疲れを見せずに歩いていたが、さすがに今は全身に疲労の色が濃かった。薄い頭髪をくしで整えていたが、驚いたようにふり返った。

「はい、何か?」

「あのう、僕、ここで人と待ち合わせをしているんですが、何か聞いていないでしょうか?」

「待ち合わせですか?」

添乗員は怪訝そうに首を傾げた。「ここで? この山荘で?」

「僕の恋人なんです。ミステリー・ツアーの目的地で待っているって」

留美夫は、そもそもなぜこのツアーに参加したのかを説明し、指示通りにバスに乗り、現地で会おうという約束をしたことまで手短に話した。

「おっしゃる意味がよくわかりませんが」

添乗員はからくり人形のように、ぎくしゃくと首を左右に動かし、薄くなった頭髪に手をやった。

「この件について、会社から連絡とかメッセージとか受け取っていませんか?」

「いいえ、全然」

「そんな。僕、どうしたらいいんでしょう?」

「どうしたらいいのかと聞かれても、困ります。だいいち、そんな奇妙な話を信じて、このツアーに参加するあなたもどうかと思うんですが。ここは樹海の中ですよ」

誰にも確認をとらず、樹海の中を歩くなんて、あんたの神経を疑うよと、添乗員の顔に書いてあるように思えた。

「この家を調べていいですか?」

「いや、私でさえまだ家の中をチェックしていないので……」

「人の命がかかってるんですよ」

「そんな大げさな。あなたは待ち合わせと言ったじゃないですか」

「待っていた彼女が誰かに捕らえられて、この家のどこかに閉じこめられている可能性もあります」

「論理が飛躍しすぎてます」

「いいえ、誰が考えても、そういう結論に達します」

留美夫はホールに接してドアが四つあるのを確認した。

「一つ一つ調べてみます」

留美夫は添乗員にことわると、部屋を一つずつ調べていった。

玄関に向かって左手前の部屋、１０１号室。鍵は掛かっておらず、ノブを引くと、そのままドアは開いた。スイッチをつけると、中はがらんとしていた。

「そこは私の部屋になります」

添乗員が背後からすかさず声をかけてきた。

その隣の部屋、１０２号室は空室だった。

右手に移って、手前の１０３号室を開けると、富岡裕介がベッドに荷物を置いているところだった。

「おっと、入ってくるならノックぐらいしろよ」

ふり返った富岡が苦言を呈した。

「すみません」

留美夫は謝りながらドアを閉め、彼自身に割り当てられた１０４号室を開けた。そこも人がいる形跡はなかった。

「おかしいな」

留美夫はそう言って、二階のほうを見上げた。「部屋割りは添乗員さんがされたんですか？」

「そうですけど」

「意図的に決めたんでしょうか？」

「２０４号室は例の作家夫婦の寝室で少し広めなので、坂崎さまご夫妻に割りあてましたが、他の部屋は適当に割り振りしました。どうしても気になるのでしたら、二階へ行ってみたらいかがでしょう？　それに今のところ、どなたも何も言ってきていませんし……。途中でお二人脱落していますので、１０２号室と２０６号室は空室です。２０１号室と２０５号室は女性の部屋ですので、気をつけてください」

留美夫は二階へ上がってみることにしたが、何となく彼女がこの山荘にいないような気がしてきた。彼は誰かに担がれたのだ。冷静に考えれば、樹海に行くということがわかった時点で、このばかげたというか、狂気じみたツアーへの参加をやめるべきだったのだ。

いや、樹海に入る時点では、その判断を下すのはむずかしかった。すべて結果論なのだ。彼ははずれくじを引いてしまった。彼女はどこか別の場所で監禁されて助けを求めているのだ。

「滝川さん。背中の荷物、重いでしょう。お部屋に置いていかれたらいかがですか」

添乗員の声を留美夫は無視した。これは彼女との愛の証なのだ。

階段を駆け上がったところが、２０３号室で、その右隣が２０４号室となっている。つまり、左手奥から２０１号室、２０２号室ときて、右奥の２０６号室へとつづいているのだ。メンバーたちは割り当てられた部屋に入っているようだが、二階の廊下を歩いてみた感じでは、異変があった様子は感じられなかった。

部屋の中で一人一人が殺されていないかぎり。

おっと、何をばかなことを考えているんだ。

薄暗い照明の下、廊下には濃紅色のカーペットが敷かれていた。かすかに血のにおいがすると思ったのは、かつてここで惨劇が起こったという先入観があるせいかもしれなかった。血よりも濃い赤。流された鮮血が時間を経て変色したような、どす黒い赤。

空室だという２０６号室は廊下の一番奥にあった。

そこに彼女がいるということは、今や信じがたかったが、わずかな可能性を否定してしまったら彼には何の希望もなくなる。今日の樹海の行軍を考えると、また同じ行程を逆に

もどるのは、肉体的以上に精神的につらかった。

心中、おだやかではなかった。

そう、「心中、おだやかではない」。彼女と決めた合言葉が不意に思い浮かんだ。

留美夫は２０６号室の前に立った。廊下の一番奥の闇が重く沈澱しているところだ。真鍮の丸いノブがわずかな照明を受けて鈍く光っていた。

「心中、おだやかではない」

彼は大きな声を出した。だが、反応はなかった。

ノブにさわると、びりっと電流に触れたように鈍い痺れが指先から肩まで走った。いや、そんなはずはないと思いなおして、もう一度ノブを握った。ロックされていなかったので、彼はノブをまわして一気に引いた。

部屋の中から黴臭《かびくさ》いにおいが漂ってきた。壁のスイッチを探しあて、照明をつけると、窓際にセミダブルのベッドが置いてあるだけの殺風景な部屋だった。

がらんどう。誰もいない。浴室も調べてみたが、人が隠れていることはなかった。窓は鎧戸《よろいど》で閉ざされ、外を見ることができない。鍵をはずし鎧戸を開けてみると、身も凍るような冷たい風が部屋に流れこんできた。

窓の外にはベランダもなく、一階まですとんと落ちていた。建物の正面はログハウス風の丸太を使った造りだが、建物背後の壁は平面的な板が打ちつけられていたのだ。

地面から二階の屋根に至る垂直の壁には、どこにも取っかかりになるようなところはなく、建物の背後から出入りすることは不可能だった。

彼女はここにいないのだ。もし二階の他の部屋にいるのであれば、すでに部屋に入ったメンバーたちが気づくだろう。何の反応もないということは、彼女は元からここにいないのだ。冷静に考えれば、誰にでもわかることだった。

間抜け。これは罠だったのだ。誰かが僕に対して仕掛けた卑劣な罠なのだ。

携帯電話を開いてみた。

依然、電話は使えない状態にあった。彼は樹里を騙《かた》った何者かに樹海におびき寄せられたのだ。留美夫の心中はおだやかではなかった。

13

留美夫の全身を深海の底よりも深く、樹海の闇よりも濃い絶望が取り巻いていた。

食事をしたら、この山荘を出よう。いや、だめだ。夜の闇の中を歩きまわるのはよけいに危険であり、それこそ僕を嵌めた奴の思うつぼだ。

とりあえず、添乗員に今後の予定を聞かなくてはならない。それから、他のメンバーの話も聞いておく必要がある。富岡の話はこういう時にこそ参考になるにちがいない。

２０６号室から廊下に出ると、死人の家になったように静かだった。またしても、彼は不吉な思いにとらわれた。全員があの作家の手にかかって殺されてしまったのではないかと。

いや、考えすぎだ。あれはもう何年も前の話。話自体、本当にあったことなのかも定かではないのだ。客を怖がらせるための単なる伝説、民宿の主人の低レベルな冗談話なのだ。

しかし、いくらそうだからといっても、樹海の中にいると、あの話も真実味を帯びてくる。斧を持った殺人鬼が夜の山荘を徘徊《はいかい》し、部屋でくつろいでいる客たちを一人一人殺していっても、不思議な気はしないのだ。

「おう、どうした？　二階へ上がったというから心配して見にきたんだ」

富岡裕介が階段の上がり口で留美夫のほうを見ていた。薄暗い光の中でも、留美夫の顔色の変化は相手にわかったのだろう。「まるで死人を見たような顔をしてるじゃないか。おっとっと、俺たち、樹海の中でもう見てるか」

富岡はからかうように言いながら、階段を上がってきた。

「あなたが生きていてよかった」

相手が聞いたら吹き出すようなことだが、ほっとしたのは事実だった。

「おいおい、大丈夫かよ」

富岡は留美夫の顔の前で手を振った。

「あの作家のことを思い出して、不安になったんです」

「まあ、確かにここは気持ちのいいところじゃないけどな」

富岡は廊下の奥のほうを望みながら言った。「作家が斧を持って出てきても否定できない雰囲気があるよ」

「僕、誰かに騙されたみたいなんです」

「だから、それは俺がずっと言ってるだろ？　今頃わかっても、遅いんだよ」

「失礼ですが、あなたはどうしてこのツアーに参加したんですか？」

「君はまだ知らないんだね？」

富岡の皮肉をたたえた口元はずっと歪みっぱなしだったが、細い目には真剣な光が差していた。

「知らないって何をですか？」

「ほんとに君は何も知らないおぼっちゃんなんだね。まいったな。言っていいのかどうか」

富岡が一転して困惑顔になっている。

「とにかく、添乗員さんに会ってきます。彼にくわしい説明を求めないと」

「そうだな。夕食の準備もそろそろできたことだろう」

その時、女の悲鳴が聞こえた。恐怖を含んだ甲高い声が……。

建物全体に沈黙が重くのしかかっていた時だけに、その声は二階の冷たく淀んだ空気を激しく震わせ、留美夫の胸にも氷の刃《やいば》が突き刺さるように響いてきた。

「樹里！」

彼の喉から悲痛な声が漏れた。彼女はこの家にいたのだ。遅かった、もっと早く助けておけばよかったのに。

「どこまでもわからない奴だな。あんたの彼女じゃないよ。俺たちの仲間の一人さ」

富岡は冷静に判断していた。それから、彼は声のしたほうに目をやった。どうやら、左手の奥の部屋のようだった。メンバーの中に女性は三人いた。坂崎の妻、城ヶ島という三十前後の派手な女、二十代半ばくらいの若い女の三人だ。あの声の様子からすると、若い女二人のどちらかだろう。

一番奥の201号室へ駆けつけて、富岡がドアを叩いた。

「どうした？　何かあった？」

すると、部屋の中でごそごそと物音がした。鍵をはずす音がして、内側にチェーンのついたままドアが外に開いてきた。ドアのわずかな隙間から女が不機嫌そうな顔をのぞかせた。

「どうしたのって、わたしのほうが聞きたいわよ」

「何もなかったんだね?」

富岡が訊いた。

「何もないって、わたしが誰かに襲われたとでも思ったの?」

城ヶ島はそう言うと、いったんドアを閉めた。チェーンがはずれる音がしてからドアが外側に大きく開いた。

「まあ、そんなことが起こっても、ここでは不思議じゃないけど。信用できないのなら、部屋の中を見てみたら?」

彼女はバスローブに着替えていた。浴室のほうから水の流れる音がする。彼女はドアに寄りかかって、男たちを部屋の中に招き入れた。

「お風呂に入ろうと思ってたのよ。でも、ぬるいし、なかなか溜まらないのよね」

暖房もそれほど効いていないようだ。

「今、女の人の悲鳴が聞こえたんだ。君の声かと思ってね」

「お湯を出してたから、聞こえなかったわ。あーあ、こんな樹海でいい設備を期待するほうが無理よねえ」

城ヶ島は悲鳴より風呂のほうが気になるらしかった。

「そうか。悪かったね」

富岡が謝ったその時、女の悲鳴が背後から聞こえてきた。二階からではない。一階のホールのほうだ。三人は顔を見合わせ、声のしたほうに顔を向けた。悲鳴が終わった後の沈黙が深かった。

「行ってみましょう」

留美夫が先に階段に向かって駆けだした。階段を下りかけた時、204号室のドアが開き、坂崎が顔を出した。

「俊子《とし こ》、俊子」

彼は不安そうな顔で、廊下に出てきた。

「どうしましたか?」

「家内が添乗員に食事の様子を聞きに下へ行ったんだ。一階で何かが起こったんだ」

「下に行って、調べてみます」

留美夫と富岡はそのまま階段を駆け下りていったが、悲鳴がまた響いてきた。今度は長く、嗚咽《お えつ》のまじったような。

何か異変が起こったのは明らかだった。彼らの背後から坂崎が追いかけてきて、「俊子」と悲痛な声で叫んだ。

玄関ホールに人影はなく、がらんとしていた。悲鳴がするのは、この建物の奥のほうだ。一階の部屋を調べた時、奥にダイニングルームがあるのは確認している。夕食はそこ

でするのだろうと何となく認識していたのだ。

その時、留美夫は素朴な疑問を抱いた。夕食を作るのはいったい誰なのか。もうすぐ夕食の時間なのに、料理のにおいがしてもいいはずなのに、それらしきにおいもないし、鍋や食器の触れ合う音もしていなかった。

直観的におかしいと思った。

「おい、君。何か変だな。いやな予感がするぞ」

さすがの富岡も切羽詰まった声を出している。「行ってみようぜ」

ダイニングルームには、照明はついていなかった。ホールからの明かりを受けて、室内が少し明るくなった。

「俊子」と坂崎が叫ぶと、「あなた」とすすり泣く声が返ってきた。

「早く電気をつけてくれ」

留美夫は壁のスイッチを素早く見つけ、照明をつけた。その途端、三人の男は宙に浮いたおぞましいものを見た。

風もないのに、それは右へ左へ揺れていた。ある意味、それは時計の振り子のようだった。時刻はまもなく午後七時三十分。添乗員が告げたように、夕食の時間になるところだった。

留美夫が腕時計に目を落とすと、秒針が12を差し、七時三十分になった。そして次の瞬

間、背後から別の悲鳴が響いてきた。

「このツアーって、こういうことだったんですか?」

いつの間に来ていたのか、存在感の薄い若い女が両手を頰にあて、体を震わせていた。

「こんなの、最悪よ。この人、一人でやっちゃったの? わたしはどうすれば……」

目の前の人間振り子は、添乗員その人だった。彼は背広姿のまま首を吊っていた。厨房の照明にロープがかけられ、その先の丸く結ばれた輪の中に添乗員の首が差しこまれている。中年太りの体型。体の重みで首が少し伸び、首が不自然に右に傾《かし》いでいた。触れないでも、死んでいるのはわかった。ズボンの股間に失禁した染みがあり、不快なにおいを発していた。

「わたし、夕食の確認に来たんです」

坂崎の妻は床に腰を抜かしており、熱病にでも罹《かか》ったかのように全身を痙攣させていた。夫が妻のそばに寄り、背中をさすった。

「大丈夫だ。私がついてるから。さあ、部屋にもどろう」

そう言われても、妻は座ったきりで動こうともしない。坂崎は妻のわきの下に肩を入れ、彼女の体を支えながらダイニングルームを出ていった。

留美夫はどうしたらいいのかわからず、呆然としていたが、富岡だけはあくまでも冷静だった。

「いつまでもこうしておくわけにはいかないぞ。他の連中もいることだし……」

アルミ製の脚立《きやたつ》がそばに倒れていた。添乗員は脚立に乗り、首を吊ってからそれを蹴飛ばしたにちがいない。

富岡はキッチンから包丁を一本取ってくると、脚立を起こして、それに乗った。彼は添乗員の手首に指をあて、「すでに死んでるよ」と言った。

「体温がまだ残ってるから、死んで間もないと思う」

富岡は照明からぶら下がっているロープに包丁の鋭い刃先をあてて、強く引いた。ぴんと張ったロープに裂け目ができると、添乗員の重みによって化学反応を起こしたように繊維の一本一本が次々に切れた。最後の繊維がぷつんと音を立てて切れると、添乗員の体が落ちてきて、床に激しい勢いで叩きつけられた。首のまわりの鬱血した跡が生々しかった。

そこに、坂崎医師がもどってきた。

「家内をベッドに寝かせてきた。どれどれ、私にも見せてくれ」

医師は添乗員の体を仰向けにすると、その顔をのぞきこみ、瞳孔《どうこう》を調べた。それから胸に手をあてて心臓が停止しているのを確認し、首まわりの鬱血箇所をチェックした。

「死後、十分から十五分といったところだ」

「この男は我々を山荘に連れてくるのが仕事だったんでしょう。夕食を出さなくちゃいけ

ないのに、こんな形で仕事を放棄ですか」

「一足お先にって気持ちだったのさ」

「先生。これが他殺という可能性はないですか？」

富岡は腕組みをして、添乗員のもの言わぬ死体を見下ろした。「何か釈然としないんですよね、先生」

「私はおかしいとは思わないな。こんな樹海の中にまで生命をかけて来なくてはならないんだからね。緊張が解けて、発作的に死にたくなったのかもしれない」

「確かに、その可能性はあるかもしれないけど」

「君が言うのは偽装自殺ということかね？」

坂崎医師はふふっと笑った。「それはありえないね」

「どうしてですか？」

「だって、そうだろう？　この痩せてもいない男を脚立にのぼらせて、首をかけるなんてことができるかな。この男だって、少しは抵抗するだろう」

「いや、いったん襲って気を失ったところで、首を吊るんですよ」

「この男は重いぞ。運び上げて、ロープの輪に首を入れて吊るすのは相当な体力がないとむずかしい。いや、一人では無理だな。最低でも男三人くらいいないと……」

「倒れた男の首にロープをかけて、それを上の照明器具に引っかけて、下から引っ張り上

「君、この男の首を見てくれ。そんなことをしたら、二重か三重に首に擦《こす》った痕ができるだろう。この首の鬱血痕はこの男が自分で輪に首を入れたことを意味している」

「誰かに脅《おど》されてロープに首を入れたらどうでしょう?」

「おやおや、君はどうしてもこれを殺人事件にしたいのかね。ツアーの性格から言って私の説が一番説得力があると思うんだがね」

坂崎は呆れたように笑った。「それより、君たち。死体をこのままにしておくわけにはいくまいよ。目につかないところに片づけよう」

富岡はダイニングルームの中を見まわし、奥の厨房に目をつけた。「あそこに運ぼう」

富岡が身動きしない死体の両わきに手を入れると、留美夫が足を持った。

坂崎がドアを開けてくれたので、二人は厨房に運んだ。空いている狭いスペースに添乗員を座らせる形で安置した。

「着いた早々、とんでもないことになっちゃったな」

富岡は額に浮かんだ汗を拭った。

「このことを知ってるのは、僕たち二人と先生たちご夫婦、それから姫野さんという女性の五人ってことになりますね」

留美夫は富岡と坂崎医師に言った。

「あれれ、彼女はどうしちゃったんだろう。幽霊みたいな人だな」

姫野の姿は来た時と同じく、その場から煙のように消えていた。

「ここに来るまでに二人が消え、着いてから添乗員が自殺。おいおい、我々は八人になってしまったぞ」

富岡は言った。「食事はどうなっちゃうんだ。用意した様子が全然ないんだけどな」

彼は厨房の大きな冷蔵庫のドアを開けてみた。

「食材が何もないじゃないか。ビールの瓶が三本だけだよ。俺たちはあれだけ連れまわされて、くたくただっていうのに。こりゃ、最初から食事なんか用意してなかったようだな」

冷蔵庫の電源は切られていた。ビールにしても、かなり前からそこに放置されていたようだ。

「だから、私が言ったじゃないか。彼は自殺したのさ」

医師はしらけた口調で言った。

「どうでしょう、みなさん、手持ちの食べ物を持ち寄って、ホールで食事をするというのは?」

留美夫はそのように提案したが、彼自身、疲れすぎて食欲がなかった。首吊り死体を見た後、胸がむかついていることも理由の一つだった。しかし、何かを口に入れておかなく

てはならないだろう。手持ちのバッグの中には、いざという時のためにビスケットとチョコレートが少しあったが、他の連中はどうなんだろう。

「これは異常事態だな。みんなを集めて、何があったのか報告する必要があるね」

富岡は医師に同意を求めた。「先生、それでいいですか？」

「君に任せるよ。我々は添乗員という舵取《かじと》り役を失ってしまったわけだから、今後どうすればいいのかわからない。それぞれが勝手にやるのか、誰かリーダー役を決めてやるのか、はっきりさせたいからな」

医師は冷静に言った。「このツアー会社は、最初から胡散臭いと思ってたんだ」

「胡散臭いと思ってたのなら、先生はどうして参加したんですか？」

「そりゃあ、こういう特殊な形態のツアーは他になかったからね」

「どうやって、このツアーのことを知ったんです？」

「ネットだよ。ある掲示板でそんなのがあると聞きつけてね」

医師は自嘲するように言った。「私は基本的に一人では何もできないから」

「奥さんも一緒に？」

「ああ、女房も私と同じ気持ちさ」

「添乗員にしてみれば、ここであんたたち、勝手にやってくれってわけでしょ？　ぼったくりだな。高い金払わせておいて、これはないよね」

富岡は舌打ちしながら、床に転がっていた空き缶を蹴った。

「詐欺か。最後にやられたかな」

医師は苦笑した。「最後に期待を持たせておいて、結局、夕食もない。我々は空きっ腹で放り出されたわけだ。腹がへってはいくさもできずか。ばかみたいな話だよ」

14

２０４号室の坂崎俊子は、ベッドに横たわっていた。

こんなところで、どうしてあんなおぞましいものを見なくてはならないのか。樹海の中をさんざん歩かせられたあげく、へとへとの状態で山荘に辿り着いた。おいしい食事が待っているというので、それだけを楽しみにしていたのに、ダイニングルームで見たものは、添乗員の首吊り死体だった。

そこには何もなかった。最初から夕食なんか用意されていなかったのだ。わたしたちはまんまと騙された。こんな樹海に来ることを知っていたら、わたしはツアーに参加しなかっただろう。夫がネットで見つけたことからして、胡散臭いにおいが漂っていたのだ。それを指摘すると、夫は激昂し、「俺と一緒に行きたくないのか」と言った。

夫はいつもそうだった。高圧的で、わたしを奴隷のように扱う。若い時は野心のある青

年医師だった。農家の三男として生まれ、医師の道を選んだ。無一文から医院を開き、それなりに町の有力者になり、周辺の住人にもそれなりに尊敬されていたのに、つまらない投資話に引っかかって、何十年もかかって築いた財産を失ってしまったのだ。怪しい不動産屋から土地のもうけ話が持ちこまれた時、彼女は反対したが、「おまえは黙ってろ」と一喝されてしまった。

今さら離婚なんかできやしない。六十五をすぎた女なんか、雇ってくれるところはないし、わたし自身、働く気力もない。

結局、夫の意見に従って、こんなツアーに参加して……。

「俺がうまいことやるから」

嘘ばっかり。わたしたちがいなくなれば、残されるのは、一人息子の雅人《まさと》だけ。医者になるのを拒否し、未だに独身でぶらぶらしている。あまやかしたのはわたしたちの罪だが、彼はそれ以上に怠惰《たいだ》な人間になった。女と遊んではその手切れ金を要求する。サラ金から無茶な借金を繰り返してはわたしたちが尻ぬぐいする。どうしようもない息子。あの子を残しても、罪悪感はない。

その点だけは夫と意見が一致していた。あの子に財産を残す気はない。というより、残すものが何もないんだけれど。

それにしても、何よ、この山荘。作家が自分の家族を皆殺しにしたなんて伝説があるけ

れど、そんなことでわたしが怖がると思うの？

怖いのはこの樹海。なんか薄気味悪くて、押しつぶされそうな気がする。添乗員が死んだのも、きっとその雰囲気に触れておかしくなったからよ。この家にいると、死にたい気分になる。病原菌のようなものが空気中にうじゃうじゃいるのだ。夫は何をやってるの？　先にすませちゃうから。

その時、ドアにノックがあった。

あの人がもどってきたのかしら。いや、違う。夫なら、ノックするはずがない。他の人よ。でも、誰なの？

ドアは施錠してあった。

「はい、どなた？」

返事はなかった。その代わりにまたドアが叩かれた。気の短い夫なら「おい、早く開けろ」と怒鳴るはずだ。

ドアはまた叩かれる。音は低いが、相手の決然とした意志を込めたようなノックだった。早く開けなさい。早くしなさい。

「わかったわ」

俊子はドアに近づくと、もう一度言った。「どなた？」

ノックが返ってきただけなので、彼女は錠をはずした。カチャリという音とともに、ドアが外に開かれた。そこに、無表情の人物が立っていた。

「あら、何の用?」

同じツアーにいた人。でも、この人と一度も言葉を交わしたことはなかった。

「あんたを殺しに来た」

その人物の背中から刃物がいきなり飛び出し、俊子の右手の甲を切りつけた。助けを求める間もなく、そいつは部屋に押し入ってきた。

…………

15

夕食の時間としてメンバーに告知していたのは、午後七時三十分である。しかし、その時刻を過ぎても、二階から降りてくる者はいなかった。

一階のホールにいるのは、滝川留美夫と富岡裕介と坂崎医師の三人だけだ。医師の妻は部屋にいるのがわかっているので、その他の四人がまだ自室にいることになる。

「今、この家にいるのは八人だ。冷蔵庫にビールが三本あるから、とりあえずそれで乾杯でもしますか?」

富岡が提案した。

「君はよくそんな気になれるね」

坂崎が呆れた顔をして言った。

「ああ、すみません。何か飲まないとやってられないと思ったものですからね。腹を空かせたままじゃ、みなさん、やる気も起こらないでしょう」

「まあ、それは確かだ」

「やる時は一気にやってしまいたいものです。そのほうがみなさんも……」

留美夫は富岡の一言が引っかかった。

「やる時は一気に？」

「ああ、君はまだ知らなかったんだね。そろそろ種明かししておいたほうがいいのかもしれない。いずれ、わかってしまうことだからね」

「おや、もしかして君は……？」

医師が怪訝そうに留美夫を見たので、富岡がこれまでの経緯を簡単に説明した。

「おやおや、そんな話を信じて、こんな樹海の中に？　ずいぶん純情というか、ばか正直というか……。そんなことありっこないじゃないか」

「誰かが僕に仕掛けた罠ですか？」と留美夫。

「ちょっと手のこんだいたずらだよ。でも、いたずらにしては悪質すぎる。途中で君が遭

難する可能性があるわけだからね。あるいは、それを狙っていたのかもしれない。君に恨みを抱いている者はいないのかね？　彼女の生の声を聞いているの？　おかしいと思わなかったのかい？」

医師は不審な点を列挙していった。留美夫は左右に首を振った。

「いいえ。彼女と連絡がとれなくなってるので、他に方法がなかったんです」

「どうして連絡がとれないんだね？」

「携帯が通じないからです」

「いや、それよりも前の話だ」

「それは、僕たち、両親の反対で無理やり引き離されているからです。それ以上は……」

留美夫は口ごもった。追いつめられた彼らがとった行動は、見知らぬ者に話すべきではない。また、それを言ったところで、彼らの置かれた状況を理解してもらえるとは思わない。

「どうやら、背中のその荷物が関係しているようだね」

医師は留美夫の背負っているものに目をやった。「まあ、いい。誰にだって人には話せない秘密がある。私だってそうなんだから、人の事情をとやかく言うことはできない」

「すみません」

「いや、いいんだ」

坂崎はそう言いながら腕組みをした。「でも、このツアーはやっぱり変だよ。信じてついてきた私もばかだと思う。高い金を払って何で最後までこんなことをしなくてはならないのかってね。ただ、何かを期待したんだろうね」

「最後までばかを見たってことですか？」

富岡は低い声で笑った。「自分の結末にふさわしい？」

「何だって」

坂崎が気色《けしき》ばんだので、富岡は慌てて否定した。

「いや、我々みんな、同類ってことですよ。先生も俺も、この世間知らずの若者も」

世間知らずの若者か。確かにそうなので、留美夫は怒る気もしなかった。

でも、僕を騙したのは一体誰なんだろう。

彼は樹海の中で何度か経験したことを思い出した。誰かが彼を監視しているような。まるでストーカーされているような悪意のある視線で……。

その時、悲鳴が聞こえた。

三人ははっとなって頭上を見た。富岡が真っ先に飛び出し、留美夫があとにつづいた。坂崎が「俊子」と妻の名を叫ぶと、すでに階段を踊り場まで上がっていた富岡がふり返って言った。

「違うよ、先生。あの声は若い女のものだ」

16

２０１号室の城ヶ島弥生《やよい》は、女の悲鳴を聞いたように思って、背後をふり返った。バスタブにお湯を溜めているので、その音がうるさかった。彼女は蛇口をひねって、お湯を止めると、浴室から出た。

「誰?」

部屋の中に人の気配を感じたような気がしたが、ドアのチェーンが掛かっているのを見て安心した。念のためにキャビネットの扉を開け、さらに窓の錠もチェックした。異状はなかった。部屋には彼女以外の誰もいない。気のせいだったようだ。悲鳴なんか聞こえるわけがないじゃないか。

わたしとしたことが、ちょっと臆病になっているようね。

弥生はふふっと笑った。

でも、他の部屋の誰かが怖くなって悲鳴をあげた可能性はある。幽霊が出てきたとしても、わたしは驚かないわ。

彼女は再び浴室に入り、湯を出した。十分以上前からバスタブに湯を入れているが、水量が弱く、なかなか溜まらない。おまけに湯の温度も人肌より少しましなくらいで、体を

温められるほどではなかった。こんな山奥で高級なサービスを期待するのが無理というもの。お湯が出るだけでもありがたいと思わなくてはならない。

彼女の仕事の仕上げにお湯は必要だった。わけのわからないツアーに参加したことは後悔していたが、樹海の途中で脱落するわけにはいかなかった。薄気味悪いところで一人寂しく死んでいくのは願い下げだった。

つい一週間前まで、新宿歌舞伎町《かぶきちょう》の裏手の寂れたバーでホステスをやっていた。それ以前は普通のOLだった。ローンでバッグや貴金属を買いすぎて、借金が雪だるまのようにふくらんでいった。自己破産して借りていた部屋を追い出され、行き着いた先がそこだった。

自己破産しても、浪費癖《へき》は治らなかった。死なないかぎり治らないよと友人には言われたが、本当にそうだと思う。

好きだった男に裏切られ、自暴自棄になって、店のお金を持ち逃げした。もちろん、店を経営しているのは闇の世界の住人だ。捕まったら生きていられないのはわかっている。だから、行き先のわからないミステリー・ツアーに参加したのだ。ネットを検索していたら、偶然ヒットして、衝動的に参加を表明してしまった。

樹海に入るということを聞いた時は、さすがに驚いたが、追手もここまでは入ってこられないだろうと最初は喜んでいた。しかし、実際に入ってみた樹海は、どこを見ても同じ

単色の景色が広がるこの世とは思えぬ不気味なところだった。こんな森で仲間とはぐれて、それこそ道に迷ったら、怖くてたまらない。実際、ここへ来る途中、男二人が消えてしまっていた。

樹海を出ても殺される。どっちを選んでも不毛の結果が待っているが、樹海にいるかぎり、あいつらに殺されることはない。例の作家が殺そうとしている？　ははっ、あれは伝説。迷信の類《たぐい》よ。

また悲鳴が聞こえたような気がした。

ちょっと神経過敏になってるのよ。臆病な女が幽霊を見たと言って騒いでいるだけ。でも、何かおかしかった。バスタブの湯がちょうどいい高さまで上がってきたので、彼女は湯を止めた。白い湯気がたちのぼる空間だが、ひんやりとした風が彼女の項《うなじ》を撫でた。

そんなばかな。鍵は全部掛かっていたじゃないの。

浴室を出て、部屋の中を見ても、何も変わった様子はなかった。

わたし、怖がってる。疲れてるのよ。こんな生活、早くやめにしたい。

その時、ドアにノックがあった。彼女の心臓がぴくんと脈打った。

「誰？」

このメンバーの中にわたしの知り合いはいない。もし、わたしを追っている殺し屋がい

たとしたら、樹海の中でとっくにわたしを始末しているはず。

「添乗員さん？」

　応答はなかった。

「誰なの？」

　さっきのおせっかい連中かしら。彼女はチェーンが掛かっているのを確認してから、錠をはずした。いくらなんでもチェーンを外から切ることは不可能だわ。

　ドアのわずかな隙間に、メンバーの一員が顔をのぞかせた。

「あら、あなた。何の用？」

　彼女は警戒を解いて、外をのぞきこもうとした。「食事の用意ができたのかしら？」

　その瞬間、彼女は額に熱いものを感じた。

「そんなわけないだろ」

　廊下の人物の抑制のきいた笑い声。「さあ、開けろ。ここを開けるんだ」

　額から血が垂れてくるのがわかった。彼女は慌ててドアを閉め、錠を掛けた。廊下から忍び笑いが伝わってくる。

　何よ、これ。最悪。

　彼女の喉から獣のような悲鳴が漏れた。こんな声、生まれてから聞いたことがない。わたしにこんな獣じみた声が出せるなんて。

浴室に逃げよう。せっかくお湯を溜めたんだから。

くらくらっと眩暈がした。彼女はよろめきながら浴室へ逃げこむと、バスローブを脱ぎ、浴槽に足を入れた。

ちょっと予定が狂っちゃったけど、手早くすませてしまおう。

17

二階へ駆け上がった三人は、階段の前で立ち止まった。廊下の左右、淡いオレンジ色の明かりがカーペットに血をぶちまけたような効果を出していた。

声は聞こえなかった。

「誰なんだろう?」

医師が言った。

「俺は201だと思う」

富岡は廊下の左奥を指差した。

「じゃあ、僕は205を見てきます。手分けして見ましょう」

若い女性といえば、その二人だけなのだ。留美夫は廊下の右手にある205号室の前に立ち、ドアをノックしてみた。存在感の薄い女。確か、姫野と添乗員が言っていたような

気がする。そういえば、僕の大学時代にもそんな人が……。いや、偶然の一致だろう。

「姫野さん、大丈夫ですか?」

反応がなかったので、強めに叩いた。「ドアを開けてくれませんか」

依然応答はない。丸いドアノブをまわしてみるが、施錠されていて動かなかった。

その時、廊下の反対側から富岡の声が聞こえた。

「おーい、こっちだ」

留美夫は205号室から201号室へ向かって走った。富岡が右の掌《てのひら》を返し、留美夫のほうに見せた。

「ドアに真新しい刃物キズがある。何か起こったにちがいない」

確かにノブの近くに刃物で切りつけたような痕があった。「鍵が掛かってる。無理やり開けるしかないな」

だが、ドアは外に開くようになっているので、二人で体当たりしてドアを破ることはできなかった。

「俺、下で何か道具を探してくる。君はここで待っててくれ」

富岡が階下へ降りてから、留美夫はいつの間にか坂崎医師の姿がないことに気づいた。

妻の様子が気になって、204号室にもどっているのだろうか。

18

　富岡裕介はなかなかもどってこなかったが、その理由は強力な武器を探してきたからだった。

「裏口の外に物置があってね。そこで見つけたんだ」

　富岡の手には古い斧があった。鈍い明かりにもその刃先は鋭い光を発していた。作家が家族を惨殺した斧？　まさか……。

「それで破るんですか？」と留美夫。

「そうするしかないだろう。中から開けてくれないんだからね。何かが起こったとすれば、一刻の猶予《ゆうよ》もないんだ」

　留美夫も山荘の真の所有者に配慮する必要はないと思った。

「わかりました」

　留美夫がそう言って背後にさがると、富岡は斧を大きく振り上げ、ドアに叩きつけた。

だが、ドアは思いのほか頑強で、斧の刃先を容易に食いこませなかった。それでも、一度穴が開き、裂け目ができた後は意外に脆《もろ》かった。錠の部分が吹っ飛び、チェーンのついた部分が首吊り自殺者のようにぶらりと下がった。

室内の明かりはついていた。湿りけを帯びた温もりを感じることができた。

「気をつけろ。誰かが隠れてるかもしれない」

富岡が特殊訓練を受けた兵士のように斧を両手で持って室内に飛びこみ、左右に素早く視線を向けた。誰もいないことを確認してから、背後の留美夫に中に入るよう、無言のまま顎で合図した。

留美夫は隠れられそうな場所を素早く確認して異状がないことを富岡に告げた。

富岡の顔は浴室に向けられていた。内側に開かれたドアから白い湯気とともに生臭いにおいがもわっと漂ってきた。彼は斧を右手に持ちながら左足でドアを蹴《け》り、浴室の中に入った。

「うわっ」

くぐもった悲鳴が富岡の喉から漏れた。留美夫は慌てて浴室の中を見た。

バスタブの中は薄赤い液体で満たされており、白い足が二本、湯の外に突き出していた。薄赤いフィルターをかけたような湯の中に、女の上半身が沈んでいた。

「早く助けなくっちゃ」

留美夫が中に入るのを富岡が手で制した。

「もう死んでるよ」

確かにそうだ。女は微動だにせず、湯の中で目を大きく見開いている。

富岡は上着を脱ぎ、シャツを腕まくりすると、女のわきの下に両手を突っこみ、上半身を外に引き出した。

「おでこに鋭い傷がある」

「それが致命傷ですか？」

「いや、どうかな」

「死因は？」

「血は額から流れてるが、そんなに大したことはない。おそらく、動転して浴槽で溺《おぼ》れたのかもしれない」

そんなことがあるのだろうか。

「犯人は？」

「犯人？　密室殺人でもないかぎり、誰かが中で女を殺してから外へ脱出することは不可能だな」

「密室殺人？」

留美夫の脳裏にある事件のことが思い浮かんだ。彼自身も関係のある〃事件〃だ。あるホテルの一室。死にかけた男女。朦朧《もうろう》とする意識の中で、ドアを叩く男たちの怒号が聞こえた。ちょうど、留美夫と富岡がこの部屋のドアから女に呼びかけたように。

「もしかして、これは密室殺人？」

「ばかだなあ。現実にはありえないよ。密室殺人はあくまでも紙の上での作り話さ。君だって、そう思うだろう。犯人は彼女を殺した後、どうやってここから脱出できるんだよ。それに、何のために、そんなに時間のかかる面倒臭いことをするのかな」

「彼女が自殺したと思わせるためです。状況が自殺としか見えないようにしてから、この部屋を出ていくんです」

「鍵を掛けて、しかもチェーンまでつけてね」

富岡は口元を歪めて笑った。「これは自殺というより、事故死だな」

「額の切り傷は？」

「外から誰かに切りつけられてパニックになったのさ。浴室に逃げこんで体が浴槽に沈んで身動きがとれなくなった」

「おかしいですよ、そんなの。あなた、信じてないでしょう？」

「じゃあ、君は誰がこんなことをやってると思うんだい？　メンバーの誰かが遊びで殺人をやってるってわけ？　そもそもこのツアーは……」

「例の作家がやってるとは考えられませんか？」

「あれは伝説だよ。それに事実だとしても、ずいぶん前の出来事だ。作家はとうに死んでるよ」

その時、男の絶叫が聞こえた。苦しげで、悲しみを肺腑《はいふ》からふり絞るような声だ。

「おいおい、我々はとんでもない事件に巻きこまれたかもしれないぞ」

富岡はそれまで口元に薄ら笑いを浮かべていたが、その表情が一変した。彼は声のしたほうを見て唸り声を出した。

「君の説のほうが正しいのかもしれない。俺は信じたくなかっただけなんだ」

19

自分が死ぬとしたら、どういう形で死ぬのがいいのかと満村伸一《みつむらしんいち》は常に考えていた。苦しまないで、自分が知らないうちにあの世に行ければ一番いいが、そんなに都合のいい方法はないだろう。

雪山で眠りながら死ぬ。これは楽らしい。痛くもないし、苦しくもない。眠気が襲ってきたら、そのまま眠ってしまえばいいのだから。雪山は総白髪の俺にふさわしい死に場所だと思った。でも、雪山まで行かなくてはならないのが面倒くさい。それに、雪のシーズンまで、もう少し待たなければならない。

ビルから飛び下りて死ぬ。これは地面に衝突するまでの恐怖が我慢できない。サンフランシスコに自殺の名所、ゴールデン・ゲート・ブリッジがあるが、ここから海に飛び下りた者の九十九パーセント、あるいはそれ以上が助からない。その数少ない生存者の証言に

よれば、飛び下りた瞬間、自殺しようとしたことを後悔するという。生きたい、生きたい、助けてくれと思った時には海面が目の前にある。その前に失神してしまえば、まだいいが、海面に叩きつけられるのを経験するのは最悪だと思う。

そうだよ、飛び下りて死ぬのはいやだ。落ちる間の恐怖。ずっと昔、子供を連れて遊園地に行った時、十五メートルほどの高さから垂直に落ちる遊具に乗ったことがあるが、股間の収縮する感覚は最悪だった。ジェットコースターだって苦手なのだから、飛び下りは自分には向かない。

薬を飲んで死ぬ。これも睡眠薬を大量に飲んでもそんなに簡単に死ねないようだ。助かった後の体の不調。あるいは劇薬を飲むと、その後の苦しみは尋常ではないらしい。

満村は会社勤めをしていた頃、仕事がうまくいかず、鬱《うつ》になった。中古車販売会社の営業の仕事だから、ノルマノルマと上からうるさく言われ、こき使われた。こんな会社で鬱だなんて上司に言ったら、「そんな戯言《ざれごと》、言ってる間に仕事をしろ」と怒鳴りつけられるだろう。ストレスのため、四十代前半で総白髪になった。

会社をやめ、家でぶらぶらするようになったが、妻も鬱病のことをまったく理解しなかった。生活費を入れないなまけものの夫なんか、無用な存在。高校生の子供にも見放され、ある日、家を出たままもどれなくなった。

公園で寝泊まりしている時、携帯電話でこのツアーの存在を知った。四万九千八百円は

高いが、払えない額ではない。おもしろい、どんなところへ行くのか確かめようと思ったのだ。

こんな生活、おさらばだ。このくだらない世界と違ったところへ行けるのならおもしろいじゃないか。だが、樹海に行くとは予想もしていなかった。

満村は薄汚いマイクロバスに乗った時、このことを予想すべきだった。それにしても、バスに乗っている連中はよく文句も言わず、添乗員のあとに従って、この樹海の中の不気味な山荘までついてきたものだ。

途中で脱落した男たちは、俺の分身みたいな存在感の稀薄な奴らだった。樹海を歩き通したことは、自分をほめてやってもいい。

「自分で自分をほめてやりたい」

オリンピックでメダルを取ったある女性マラソンランナーのコメント。

目的地に達した時、俺は弱気を克服したと思った。このくらいの苦労をしたのだから、現実の世界では何でもできるような気がした。ようし、今日はここで泊まって、明日は樹海を脱出するぞ。くだらない奴らとおさらばだ。それを悟っただけでも、このツアーに参加した価値はあった。精神修養にはいいツアーだ。

ああ、それにしても腹がへった。そろそろ飯どきらしく、廊下のほうが騒がしい。女が叫び声をあげたり、男たちが廊下を駆けまわっている。中学生の修学旅行じゃあるまい

し、はしゃぎまわるとは、能天気な奴らだ。

落ち着いてみると、メンバーの中にはいい女もいた。一度くらい抱かせてくれてもいいのに。どうせ、おまえら、死ぬんだから。

ドアにノックがあった。

添乗員が食事ができたと知らせにきたのかもしれない。腹はへったし、喉はからからだ。冷えたビールくらい飲ませてくれるんだろうな。

満村は風呂を出たばかりだった。ぬるめの湯だが、旅の汗と汚れを落とすのにちょうどよかった。こんなにリラックスした気分で風呂に入ったのは何日ぶりだろう。ここ何ヵ月もなかったような気がする。体が落ち着くと、心にも余裕ができる。俺はどうして落ちこんでいたんだろう。最悪の状況をようやく脱したような気がしていた。

少し前まで何もする気力もなかったが、明日、樹海を出たら、新しい人生を始めるのだ。何一つ満足なこともできない、中途半端なくだらない中年のおやじから脱却だ。

気力が充実していた。それは時間がたつごとに、大きくなっていくようだった。腹に何かを入れ、冷たいビールを飲む。誰かと遊ぶことができればいいな。まあ、それはできない相談だろうが。

またドアにノックがあった。

「ああ、悪かったね。添乗員さん?」

応答がなかった。というより、分厚いドアの向こうまで彼の声が届かなかったにちがいない。

「誰？」

彼は少しだけ警戒していた。なぜなら、この山荘の中で家族を殺した作家の話を聞いていたからだ。そいつはとうに死んでいるだろうが、ろくでもない霊が人間に対していたずらを働くこともないとは言えなかった。

チェーンをつけたまま、ドアの錠を解いた。ドアの隙間にある人物がいた。彼は警戒心をすっかり取り払い、にやりとした。作家の幽霊でなければ大歓迎。俺にも運が舞いこんできたようだ。

「あ、ちょっと待ってね。今開けるから」

満村はいったんドアを閉め、チェーンをはずしてから、ドアを開いた。

「さあ、どうぞ」と言って、その人物を部屋の中に通そうとした時、いきなり切られた。顎の下から首にかけて、鋭利な刃物が縦に素早く動いた。

ああ、頸動脈が。

それでも、悲鳴をあげる暇はあった。相手を突き飛ばし、ドアを内側から施錠する暇も少しはあった。だが、すぐに意識が朦朧《もうろう》となり、よろめく足で窓のほうへ逃げた。

首筋がかあっと熱くなり、血がシャワーのように激しい勢いで噴き出すのがわかった。

彼は血がこれ以上漏れないように傷口を右手で押さえつけた。だが、そんなことをしてもむだなことはわかりきっている。

「どうして、こんな目に遭わなくてはならないんだ」

このツアーは、そういうものじゃないだろう。こんな死に方、したくなかった。最悪じゃないか。

しかし、考えることができたのもそこまでだった。ベッドに辿り着き、やっとのことで横たわった瞬間、２０２号室の、満村伸一は力尽きて息絶えたのだ。

…………

20

「おい、開けろ」

富岡はドアを叩きつづけた。「開けないと、ドアを叩き割るぞ」

留美夫は、２０１号室の女を襲った犯人が、２０２号室に侵入した可能性があると思っていた。

「ちょっと待ってください。その鍵穴からのぞいてみませんか」

留美夫は富岡に声をかけ、ドアノブの下の鍵穴に目をあてた。何も見えなかった。古い

タイプの鍵穴なので、室内に明かりがついていれば、中の様子はある程度わかるはずだ。しかし、何も見えなかった。おそらく、鍵が差しこまれたままになっているのだろう。

「よし、俺がやる」

富岡は隣の部屋でやったように、斧を振り上げ、ドアの錠の部分に叩きつけた。さっきの経験で要領がわかったのか、手慣れた動きで錠の上に斧の刃を食いこませた。三度ほどで錠が破壊され、その反動でドアが外に開いてきた。

そして、二人の目の前に展開していたのは……。

ベッドの上に血まみれの中年男が仰向けに倒れていた。その首から血が溢れ出し、白髪まで赤く染まっていた。死んでから間もないと思われる。

「おい、犯人がいないか確認しろ」

富岡に言われるまでもなく、留美夫は室内に隈《くま》なく目をやり、誰もいないことを確認した。浴室も開けてみたが、人は隠れていなかった。

「異状なしです」

異状なしというのもおかしな言い方だ。ベッドの上で首を切られた死体があること自体、これ以上ない深刻な状況なのだから。だが、ここの「異状なし」は犯人がいないという意味だった。考えるまでもないことだが。

「殺されてから五分もたっていない」

富岡は大きく吐息をついた。「犯人はこの家のどこかにいるんだ。少なくとも、俺たち二人でないことは確かだ。ずっと一緒に行動してるんだからな」

「あの作家のしわざでしょうか」

「それは伝説さ。俺たち、絶対離れないようにしようぜ。危ないからな。こっちが二人でいれば、向こうもそうやすやすとかかってこられない」

それは留美夫にもわかっていた。

「次、どうしましょう?」

「おっと、その前に先生はどうした?」

留美夫は、初老の医師がいなくなっているのに気づいていたが、自室にもどっているものと思っていた。だが、二つの部屋で事件が起こっていることを考えると、あの二人にも危険が迫っているのは間違いない。注意を喚起しておく必要はあった。

念のために、203号室のドアを叩いた。ここは誰だっただろうか。応答はなかったので、今は204号室を優先すべきだった。

204号室の前で、二人は顔を見合わせた。富岡がよしとうなずくと、ドアをノックした。

「先生」

応答はなかった。「先生。大丈夫ですか。何かあったら、教えてください」

何かあったら？　殺されていたら、教えることはできないのだ。そんなわかりきったことを富岡に指摘するのは、留美夫には不謹慎に思えた。

「先生、先生」

富岡はドアを叩きつづける。彼の内心の動揺を物語るように、音はクレシェンドをかけるように大きくなっていった。

21

「俊子」

ベッドの上に妻の死体が横たわっている。四十年以上連れ添った最愛の人の亡骸《なきがら》が。

坂崎誠之助《せいのすけ》は内科医だった。家庭をろくに顧《かえり》みることなく、仕事ばかりしてきたような気がする。いや、仕事ばかりでなく、何度も浮気をし、妻を悲しませたが、結局は妻のもとに帰った。

どうしようもない好色な男だと思う。そんな夫に愛想を尽かすことなく、耐えてきた俊子は尊敬に値《あたい》する。夫の暴言や暴力に耐えながら、妻は一人息子を育て上げたのだ。

坂崎が右手の腱鞘炎《けんしょうえん》にかかり、患者を診《み》ることができなくなった時も妻は彼を見捨てることはなかった。仕事ができない苛々《いらいら》をぶつけても、彼女は耐えた。

俺にはすぎた妻だと思う。自分の思うままに行動する暴君。彼女には何度も手を上げた。しかし、財産を失い医院を閉めて生きる気力がなくなった時、あいつは妙案を提示した。

彼は妻の前で泣いた。人前であかんぼうのように泣くのは初めての経験だったが、妻の前では抵抗なく泣けた。もっと早くそうしていればよかった。

妻の案に従ってちょうどいい方法を探していた。そしたら偶然ネットでこのツアーを発見したのだ。

マイクロバスに二人で並んで座った時、結婚してから初めて心が溶け合ったような気がした。小学生の時の遠足のようにはしゃぎたくなったが、もちろん、人前でそんなことができるわけもなく、妻に小言を言ったりした。自分にしては珍しく愛情のこもった小言だ。妻がどう思っていたのか知らないが。

添乗員の口から樹海を歩くと告げられた時、こういう旅も珍しくていいかなと達観していた。現役の時なら、こんなところを歩かせやがってと添乗員に噛みつくところだが、腹も立たなかった。膝に爆弾を抱えていたものの、樹海の中を歩くのはなかなか楽しかった。こんな世界があったのかと思うくらいで、少しも恐怖を感じなかった。森の中で死体を見かけた時も冷静な気持ちだった。死体なら、これまでいやというほど見ている。樹海で死体を見たからといって、動揺することはなかった。

添乗員が首を吊っていたのには、さすがに度肝《どぎも》を抜かれたが、あの男にも悩みがあったのだろうくらいに考えを切り替えた。

しかし、妻の死体を発見した時は冷静ではいられなかった。

添乗員の死体を見て気分が悪くなった妻を自室に引き取らせ、彼は若い二人の男のいる一階にもどったのだが、あのまま妻に付き添っているべきだったのだ。

なんてばかなことをしてしまったのだと後悔した。

ベッドの上でものいわぬ妻。安らかに眠っており、声をかければすぐに目覚めるように見えたが、実際、彼が声をかけても返事をしてくれなかった。

シャツの右胸にナイフの柄が突き出ており、そのまわりに大きな赤い染みができていた。何者かが妻の胸に刃物を突き立てて殺したのだ。彼がこの部屋に妻を連れもどってから、階下へ降り、さらにまたもどってくる間の出来事だとすれば、十五分以内の凶行だと思われる。

死ぬ時は一緒にと思っていたのに、先に妻の命を奪ってしまうとは許せない。犯人が下にいるあの二人の若者でないことは間違いない。だとすれば、一体誰がこんな理不尽なことをしたのだ。

そいつを探しだして復讐してやりたい。

家族を殺した小説家？

そんなばかな。いたとしても、ただの幽霊だ。

こうしている間にも、妻の体は冷たくなっていく。

ああ、俊子。胸の底から突き上げてくる深い悲しみ。もう少し彼女をいたわってやれなかった自分が情けない。復讐心がやがて強い悔恨の情に変わった。

私はもう生きてはいけない。

悲しみが胸を突き上げ、妻の遺骸に抱きつきながら子供のように泣きじゃくった。声が次第に大きくなっていく。妻の死は言い尽くせない悲しみのエネルギーで彼の胸を深くえぐった。

もう生きてはいけない。

私は死ぬ。みずから命を断つ。

22

留美夫が204号室のドアの鍵穴から中をのぞくと、医師がベッドの上でその妻の体に驚くべきことをしていた。ナイフを妻の胸から抜いているところだったのだ。

「やめろ」

留美夫は叫んだ。医師の動きが一瞬止まった。

「ちょっとどいてくれ」

富岡に肩を叩かれたので、留美夫は替わってやった。

「おいおい、妻をナイフで刺して、自分を刺す気でいるんだ。無理心中するつもりかもしれないな」

富岡は斧をドアに叩きつけた。三度目だったので、彼の斧の使い方は手慣れてきていたが、留美夫はこんなことはもう終わってほしいと思っていた。

「先生。やめるんだ。早まっちゃいけない」

ドアの錠の部分に大きな裂け目ができ、次の一撃で錠自体が部屋の中に吹っ飛んだ。だが、遅かった。妻の死体の上に医師は倒れこみ、身動きもしなくなっていた。

「先生」

留美夫が医師の体に触れようとしたが、富岡は吐き捨てるように言った。

「死んでるよ」

彼は悔しそうに医師の体を仰向けにした。「そんなに死に急ぐこともないのに」

「無理心中だったんでしょうか?」

「その可能性はある。二人を殺した先生が逃げきれぬと観念して、奥さんを殺し、最後に自殺したんだ」

「本当にそうでしょうか?」

「そうだったら、殺人はこれでおしまいだ。この山荘に平和が訪れるってわけさ」

「でも、あなたはそれを信じていない」

「もちろんさ。これはそんなに簡単な事件ではない。犯人は我々を嘲《あざけ》って、次々と殺人を犯しているんだ」

「僕たちも殺される？」

「用心しないとな。俺たち、絶対に離れないようにしようぜ」

「一人一人殺されていって、最後に一人だけ残るなんてことになったら、どうしよう」

「『そして誰もいなくなった』だね。お互い、最後の一人にならないように気をつけようぜ」

こんな異常事態にもかかわらず、富岡にはそれを笑い飛ばす余裕さえあった。

「誰がやってるんでしょうか？」

「そんなこと、わかるわけないじゃないか」

「僕の恋人は？」

背中の荷物がぴくんと動いたような気がした。

「おいおい、この期《ご》に及んでまだ寝言をいってるのか。そんなの、最初からいないのさ。君は誰かに騙されてここに来た。もう一度確認するけど、誰かに恨まれていることはないのか？」

「もしかして……」

「心あたりがあるの？」

「樹海を歩いている間、誰かに監視されてるような気がしたんです」

「それだよ、たぶん」

「僕たち、これから、どうすればいいんですか。このまま待っていても、やがてやられるのは目に見えてますから」

「こっちから攻撃をかけるしかない。あいつをおびきだして、やっつける」

「そんなことができるんでしょうか？」

「だから、部屋を一つ一つつぶしていく必要がある。容疑者を消していくんだ。今のところ、それしか方法がないと思う」

富岡の言うことは正論だった。今はメンバーを絞りこんで敵を特定することしかなかった。

「今、何人残ってるんですか？」

と言いながら、留美夫は素早く計算していた。この山荘に着いたのは添乗員を含めて九人。添乗員が首吊り自殺し、２０１号室の女が浴槽で死に、２０２号室の男が首を切られて死に、２０４号室の医師夫婦が死んだ。これで九マイナス五で残るは四人。

「俺たち二人を引くと、残るは二人だな」

「つまり、２０３号室の男と２０５号室の女ですね」

留美夫がそう言った時、ギイイと蝶番《ちょうつがい》が軋むような音がした。２０４号室の前から廊下をふり返ると、隣の２０３号室のドアが廊下側に動きだしていたのだ。身も凍るような冷たい風が廊下を流れている。腐ったようなにおいが混じっていると感じるのは、これまで見てきた惨劇が影響しているのかもしれない。

富岡が留美夫に目くばせをし、２０３号室に向かって斧を持って動きだした。留美夫は背後に注意を払いながら、そのあとを追った。

その部屋の明かりはついていなかった。

「気をつけてください」

留美夫は小声で注意を喚起した。富岡はそれには答えず、斧の刃を胸の前に抱え持ち、暗闇から誰かが襲ってきても、すぐに対応できるようにした。それから、彼は一気に部屋の中に飛びこみ、壁際のスイッチを押した。

たちまち、眩《まばゆ》いばかりの明かりが室内を満たした。窓が開けっ放しになっており、樹海の闇から冷たい風が部屋に吹きこんでいた。

鏡台のそばに黒いショルダーバッグが置いてあったが、誰もいなかった。ドアは外からの風で自然に開いたようだ。

「ここの男、君は覚えてるか？」

富岡は浴室を開け、中に誰もいないことを確認しながら言った。

「喪服のような背広を着ていたのは覚えてますけど、話してはいません」

無口で暗そうな感じの男だった。どこにいても目立たない、いてもいなくてもわからないような男。〝喪服〟の印象が強すぎて、どういう顔をしていたのか、不思議に印象に残っていなかった。三十代か四十代のひどく痩せた男だったような気がするが。

「首吊り死体を見つけた時、念仏を唱えていたことを覚えてるよ。葬式帰りにツアーに参加したみたいな感じがしたな」

富岡もあまり印象に残っていないという。

留美夫は203号室の窓から外をのぞいた。建物の裏側はとっかかりがない壁が地面までつづいている。彼は窓を閉め、クレセント錠を差しこんでおいた。冷たい風は入らなくなったが、部屋の中は冷凍庫のように冷えきっていた。

「消えちまったな。こいつが犯人か」

「いや、もう一人、姫野という女の人がいますけど」

目立たず印象が弱い。保護色のように存在感を消していた男と女が残った。

「そっちも確認しておこう」

二人はその部屋を出て、ドアを閉め、205号室へ向かった。

23

２０５号室の女、姫野さゆみは、ベッドに仰向けに横たわっていた。

悲鳴や怒号が二階の各部屋で響いたが、彼女は動揺することはなかった。うるさい奴ら、こんなところまで来て、騒いでどうするっていうのよ。どうせ死ぬ運命なのに。

彼女は何かの情報で、このミステリー・ツアーの向かう先が樹海だということを知っていた。しかも、目的地は血塗られた伝説のある山荘だ。

前にも同じようなツアーを仕立て、樹海ツアーを敢行したと聞いている。ただし、それが成功したのかどうか、つまり、この山荘に到着した後、メンバーがどうなったのか、それは耳にしていなかった。

彼女はある男に恋していた。

彼女からの一方的な恋だった。大学時代、キャンパスで見かけ、一目惚れをした。しかし、さゆみのような目立たない女を彼は一顧《いっこ》だにしなかった。同じクラブに入ったのに、彼は他の女たちにちやほやされていた。裕福な家庭の息子であるがゆえに、それを当然のことと受け止めていた。

クラブの合宿で山へ行った時、キャンプファイアの後、彼に抱かれたことがある。みん

ながめらめらと燃えあがった。

わたしはストーカー。何と言われてもかまわない。彼に対する思いと女に対する憎しみ

後で、そこは女のマンションであることがわかった。

女は建物の外からどの部屋に明かりがつくのか観察した。

ていなかった。こんな近くに住んでいたとは驚きだ。オートロック式で入れないので、彼

二人はある高級マンションに入っていった。そこはさゆみのアパートからそんなに離れ

じめな思いをするだけだとわかり、そのまま遠くから見ていた。

と似合いの派手な風貌の女。わたしが出ていったら、あの女の美貌をより引き立たせ、み

彼の前に出て、「ひさしぶり」と言おうとしたのだが、彼のそばには若い女がいた。彼

を燃やしていたが、それが新しい空気を得て燃えさかったのだ。

後のある夜、電車の中で彼を見かけた。昔の恋は彼女の中でガスの種火のように小さな炎

姫野さゆみは大学を卒業し、彼と違う道へ進んだ。それで忘れるはずだったのに、数年

あとで聞いた話だが、彼には将来を誓った女がクラブ外にいたのだそうだ。

顔はおろか、名前さえも。

それなのに、翌日、彼はさゆみに見向きもしなかった。覚えていなかったのだ。彼女の

大好き」と何度も声をかけ、彼もそれに応えてくれた。

ながら酔っていた。暗い林の中で、しらふの彼女は彼に近づき、体を差し出した。「好き。

それからすぐ、意外な事件が起こった。

彼と女が心中をしようとしたのだ。双方の家が二人の付き合いを認めなかったらしい。ラブホテルに入ったのを家の連中が見つけ、心中を未然に防いだ。実はその時、さゆみはそのホテルの外にいて、二人の動きを見ていた。だから、どさくさの中、女の姉妹のふりをしてホテルに入り、すぐに二人の携帯電話を見つけた。データを盗んでおいたのはもちろんのことだ。

どうしようもないストーカー。

笑っちゃうわよね。

このツアーに参加して、彼が彼女の顔を覚えていないことに気づき、また愕然とした。わたしって、よほど目立たない存在なんだわ。

…………

24

２０５号室のドアも固く閉ざされていた。

「ここも破っちまうか」

富岡が斧に手をかけた時、留美夫は止めた。

「いや、中を確認しましょう」

彼はノックをした。応答はなかったので、鍵穴に目をつけた。

「あ、やばい」

ベッドの上に女が身じろぎもせず横たわっていた。

「どうした？」

「女の人が死んでるみたいです。早く破ってください」

「死んでるんだったら、その必要はないだろう」

富岡は斧を床に下ろし、自分も鍵穴から中をのぞいた。「好きに死なせてやれ」

「それ、どういう意味ですか？　さっきも……」

留美夫は富岡の一言がひどく引っかかった。

「文字通り、彼女は自殺したいんだから、死なせてやれってことさ」

「さっきまで他の人を助けようとしたのに、どうしてこの人だけは自殺させるんですか？」

富岡の考え方は、ひどく場当たり的に思えた。

「俺に自殺をするのを止める理由がないからさ」

「そんなの理不尽です」

留美夫は相手の冷淡さに腹が立ったが、富岡が次に言った衝撃的なことは、留美夫を完《かん》膚《ぷ》なきまで叩きのめした。

「そ、そんな……」

そういうことがあっていいのだろうか。「それは犯罪ですよ」

「ここでは何でもありなのさ。樹海にいると、みんな、おかしくなっていく」

「入る前から、みんな、おかしいですよ」

「そんなことを言ったら、君だって、おかしいんじゃないか。人を疑うことを知らないんだから」

「いいや、僕は違います。彼女と会わなくてはならないんだ」

そして、この背中の荷物をわたすのだ。

「まだ信じてるのか。ばかは死ななきゃ治らない」

富岡は206号室のほうへ目を移した。「それより、犯人探しをしなくちゃならない。誰が俺たちを殺しまわってるのか。このツアーを利用してさ、まるで殺人ゲームをやってるみたいじゃないか」

富岡に言われて、留美夫は考えた。確かに、僕は騙されたんだろうと思う。でも、誰が僕をこのツアーに参加させたのか。その目的は一体何なんだ。

「俺は203号室の〝喪服〟の男が犯人だと思う」

富岡は切迫した声で言った。

25

二人は２０６号室の前に来た。

「ここは誰がいたっけ？」

富岡が訊いた。

「誰もいません。樹海で二人いなくなってますから、そのうちの一人に割り当てられた部屋だったと思うんです」

「空室か」

「さっき確かめた時は何でもなかったけど、犯人がここに逃げこんだ可能性はあると思います」

富岡はドアを叩いて、中に向かって呼びかけた。

「気をつけたほうがいいな」

富岡はドアの前にひざまずき、鍵穴に目をあてた。

「あれ、変だな」

富岡は見る位置を変え、部屋の中をのぞいているようだ。

「どうしたんですか？」

気になった留美夫が訊ねた次の瞬間、富岡がうわっと大きな悲鳴をあげ、右目を自分の右手で押さえつけた。

「や、やられた」

背後にさがった富岡は、廊下に尻もちをつき、それからよろよろと立ち上がり、階段のほうへ向かった。「目をやられた。強い酸のようなものだ。目を洗ってくる」

「僕も一緒に行きましょう」

「だめだ。君はここに残って、相手と戦うんだ。斧を置いていくから」

そうするしか方法はないようだった。富岡が右目を押さえ、よろめきながら階段を下っていくのを確認してから留美夫は２０６号室のドアを見た。

「おい、ドアを開けるんだ。開けないと、ドアを破るぞ」

応答はない。中には、薬物を持った人間がいるらしい。そいつがこの一連の殺人の犯人である可能性が大だった。

何のためにそんなことをするんだ。ツアーの連中はもともと……。

握ったノブが抵抗なく回転した。錠が掛かっていない。

あれ、おかしいな。富岡が中をのぞいた時点でも、はずれていたのか。

留美夫はノブをまわし、ドアを少しだけ開いた。それから、ドアの隙間に足を入れて、強い力を加えた。ドアが蝶番からはずれたように勢いよく外側に向かい、廊下の壁に激し

くぶつかって、その反動でもどってきた。彼はそれを足で受け止めた。

部屋の中は、明かりが煌々《こうこう》と灯っていた。がらんとして人けはなかった。

どこにも人が隠れているようには見えなかった。思いつくあらゆるところを調べてみたが、虫一匹見つからなかった。その時、ベッドの下に茶色いリュックサックが置かれているのに気づいた。

チャックをはずすと、中にはチョコレートとスナック類、水などのペットボトルが入っている。樹海で迷った時、最低限必要なもののような……。おやっと思ったのは、白い封筒があったことだ。封筒の表には「残された者たちへ」とペンで書いてあった。

残された者たち？

糊《のり》づけされていなかったので、中に入っている便箋を取り出した。プリンタで印刷された文面。


「先に行くパパを許してください」


これは遺書ではないか。

おそらく今回ではない別のツアーの参加者なんだろう。この遺書を自分の家族に宛てて書いたのだ。

では、これを書いた男はどうしたのだろう。この部屋にいないことは明らかだし、外にも姿はなかった。

その時、どこかで軋むような音が聞こえた。

ミシッ、ミシッ、ミシッ……。

この部屋のどこかだ。見逃したところがあるのだろうか。遺書を残しておいたのは、入室した者を油断させるためだとしたら……。僕は罠に掛かったのか。

全神経を耳に集中させた。地震の後に余震があるように、音は一定の間隔で聞こえてきた。留美夫は音の発生源を特定した。

あそこだ。服をしまっておくキャビネットだ。あのドアが何かを無理に詰めこんだかのように、少しだけ外へ飛び出しているような気がした。

さっき富岡を襲った奴は、あの中に隠れ、入ってくる留美夫を待ち伏せしていたのだ。

斧？　あれ、斧はどうした？

この部屋のドアを破ろうとした時、持っていたはずだが。あ、そうか。錠が開いていたので、そのままドアの外に置いてきてしまったのだ。くそっ、迂闊《うかつ》だった。

留美夫が廊下に出て斧を取ってくるのと、キャビネットの扉が開いて相手が襲ってくるのと、どちらが早いか、しきりに考えをめぐらせていた。

部屋から廊下へ脱出し、態勢を整えるか。それとも、ここに踏みとどまって敵に対する

か。彼は待ったなしの決断を迫られていた。

彼がいるのは、窓際のベッドのそばだった。キャビネットは浴室の近く、ドアはその向こう側。つまり廊下へ出るにはキャビネットのわきを通らなくてはならないのだ。

くそ、こんなところで死にたくない。

キャビネットの扉がみしりと鳴った。扉が数ミリ、外へ出てきた。

今しかない。わずかでもまだ逃げられる可能性がある。犯人が外に出たら、動きを阻《はば》まれてしまう。そう思った留美夫は、出口に向かって走った。

次の瞬間、キャビネットの両扉がばあんと全開し、ワイシャツを着た男が留美夫に飛びかかってきた。両手を広げ、留美夫の体にぶつかった後、男の体が背後に飛んだ。留美夫はわあっと悲鳴をあげ、前方に飛ばされた。前頭部が床にぶつかり、軽い脳震盪《のうしんとう》を起こした。

ふらつく頭で逃げなくてはと思っていた。立ち上がろうとしたが、足が萎《な》えて、そのまま尻もちをついた。

ところが、その時、思いがけないことが起きているのを発見した。ワイシャツの男がキャビネットの前に立ち、白目を剝いていたのだ。

男は死んでいた。首に紐のようなものを巻きつけているため、びっくり箱の人形のようにキャビネットの外へ飛び出し、そのままぶらぶらと立っていたのだ。まるで生きている

かのように。

自殺？

「先に行くパパを許してください」

では、さっきの遺書はこの男が書いて、その通りに自殺したというわけか。

男は何日か前に死んでおり、この冷たい部屋の中でも腐敗しはじめていた。

26

部屋の外で男の悲鳴が聞こえた。

「おい、やめてくれ」

富岡の声だった。

「どうしたんですか？」

留美夫は２０６号室のドアを開け、廊下に顔を出した。

「外へ出るんじゃない。君は部屋に引っこんでいろ。悪いけど、俺は逃げる。殺されたくないんでね」

富岡の声は、一階のほうから聞こえた。

次の瞬間、風を切るような音がした。かまいたち。彼は左腕に鋭い痛みを覚えた。

上着がすぱっと切れて、肌がのぞいていた。

「死ね！」

ヒステリックな笑いとともに、見えない人物が大きく息を吸う音がした。黒い影が廊下に立ちはだかっていた。そいつが斧を振り上げていると直感し、留美夫はドアを閉めて錠を掛けた。チェーンも忘れずに掛けたが、それもむだかなと思った。なぜなら、敵が斧を持っていれば、当然、ドアの錠を破ることはできるからだ。

彼は部屋の中を見まわし、逃げるところがないかどうか確認した。窓しか考えられなかった。二重の錠で敵の侵入を防いでいる間、彼は窓のロックをはずし、窓を開いた。途端に身も凍るような冷たい風が部屋に吹きこんできた。

だが、窓から外を見下ろし、脱出できないことがわかった。

さっき他の部屋で確認したように、地面まで垂直に下りた壁には取っかかりがなかったのだ。しかも、直下の部分だけ地面が崩れていた。山荘の背後はちょっとした崖になっていて、たとえ飛び下りたとしても、怪我なしにすみそうになかった。へたをすれば、死んでしまうかもしれない。

背後のドアが蹴飛ばされた。

「開けるんだ」

留美夫は絶体絶命のピンチに立たされていた。

　ドアが開けられてから相手と対決するか。それとも、ドアにベッドを押しつけて籠城《ろうじょう》するか。どっちの道を選んでも、あまり嬉しくない結末が待ち受けているような気がした。

「開けなさい」

　ドアが叩かれた。相手の苛立ちがその拳《こぶし》に乗り移り、音は次第に大きくなっていく。

「開けろ、開けるんだ」

　留美夫は206号室にこもり、何が何でも殺人者の侵入を阻まなくてはならなかった。彼の心中はおだやかではなかった。殺人者が外にいるかぎり、彼はこの部屋に〝籠城〟するしかなかった。

　しばらくして、ドアの下から紙が差しこまれた。そこには書きなぐられた文字が……。

「三日後に彼女が来る。樹海で迷子にならなければね。部屋を出ようとしたら、おまえを殺す」

27

　彼はその部屋で奇跡を信じて樹里を待った。

　殺人者は強引にドアを破ろうとはしなかった。二人がそろうのを待つつもりのようだ。

留美夫は自殺者の残したわずかな食料を食いつないで、「その時」を待つしかなかった。

そして三日後——。

ベッドに横になっていた彼は廊下で「留美夫」という声に目を覚ました。斧でドアを叩きつける音に殺人者がもどってきたように思ったが、どうやら違うらしい。樹里だ。樹里がやって来たのだ。彼は二人の愛の強さを改めて感じた。

彼が高鳴る胸の鼓動を意識しながら「心中、おだやかではない」と言うと、ドアの向こうから同じ言葉がもどってきた。

ついにドアを開ける時がやってきたのだ。

切・り・取・り・線

一〇〇字書評

黒い森　殺人者

購買動機（新聞、雑誌名を記入するか、あるいは○をつけてください）

□（　　　　　　）の広告を見て	
□（　　　　　　）の書評を見て	
□ 知人のすすめで	□ タイトルに惹かれて
□ カバーが良かったから	□ 内容が面白そうだから
□ 好きな作家だから	□ 好きな分野の本だから

・最近、最も感銘を受けた作品名をお書き下さい

・あなたのお好きな作家名をお書き下さい

・その他、ご要望がありましたらお書き下さい

住所	〒				
氏名		職業		年齢	
Eメール	※携帯には配信できません		新刊情報等のメール配信を 希望する・しない		

この本の感想を、編集部までお寄せいただけたらありがたく存じます。今後の企画の参考にさせていただきます。Eメールでも結構です。

いただいた「一〇〇字書評」は、新聞・雑誌等に紹介させていただくことがあります。その場合はお礼として特製図書カードを差し上げます。

前ページの原稿用紙に書評をお書きの上、切り取り、左記までお送り下さい。宛先の住所は不要です。

なお、ご記入いただいたお名前、ご住所等は、書評紹介の事前了解、謝礼のお届けのためだけに利用し、そのほかの目的のために利用することはありません。

〒一〇一‐八七〇一
祥伝社文庫編集長　加藤　淳
電話　〇三（三二六五）二〇八〇
bunko@shodensha.co.jp

祥伝社ホームページの「ブックレビュー」からも、書き込めます。
http://www.shodensha.co.jp/bookreview/